A RAINHA DA TERRA DO NUNCA

Nikki St. Crowe

A Rainha da Terra do Nunca

Vicious Lost Boys – 3

São Paulo
2025

Grupo Editorial
Universo dos Livros

Their vicious Darling - Vicious Lost Boys - vol. 3

Diretor editorial
Luis Matos

Gerente editorial
Marcia Batista

Produção editorial
Letícia Nakamura
Raquel F. Abranches

Tradução
Nilce Xavier

Preparação
Nathalia Ferrarezi

Revisão
Alline Salles
Tássia Carvalho

Arte e Capa
Renato Klisman

Dados Internacionais de Catalogação na Publicação (CIP)
Angélica Ilacqua CRB-8/7057

C958r

Crowe, Nikki St.
A rainha da Terra do Nunca / Nikki St. Crowe ; tradução de Nilce Xavier.
-- São Paulo : Universo dos Livros, 2024.
272 p. (Série Vicious Lost Boys, 3)

ISBN 978-65-5609-827-2
Título original: *Their vicious Darling*

1. Ficção norte-americana 2. Literatura erótica
I. Título II. Xavier, Nilce III. Série

24-0174 CDD 823

Universo dos Livros Editora Ltda.
Avenida Ordem e Progresso, 157 — 8º andar — Conj. 803
CEP 01141-030 — Barra Funda — São Paulo/SP
Telefone: (11) 3392-3336
www.universodoslivros.com.br
e-mail: editor@universodoslivros.com.br

Para todas as garotas
que um dia tiveram medo
de abraçar seu lado sombrio.

ANTES DE COMEÇAR A LER

A rainha da Terra do Nunca é uma versão reimaginada de *Peter Pan* na qual todos os personagens foram envelhecidos para ter dezoito anos ou mais. Este não é um livro infantil e os personagens não são crianças.

Certos conteúdos deste livro podem funcionar como gatilhos para alguns leitores. Se quiser ficar inteiramente a par da sinalização de conteúdos em minhas obras, por favor acesse meu website: <https://www.nikkstcrowe.com/content-warnings>

“Wendy,
uma garota vale
mais que vinte meninos.”

J. M. Barrie, *Peter Pan*

PRÓLOGO

O CROCODILO "ROC"

MINHA FORMA PREFERIDA DE VIAJAR É COM UMA FAMÍLIA real. Qualquer uma serve.

Porque famílias reais sempre viajam com luxo.

A realeza da Terra Soturna não é diferente: eles são uma das mais ricas das Sete Ilhas e não poupam despesas. Mas são péssimos companheiros de viagem. A menos que eu esteja trepando com eles. Aí até que dão para o gasto.

Amara Remaldi, Sua Alteza Real Duquesa de Gordall, a princesa mais jovem da família Remaldi, encontra-me na sala de jantar a bombordo.

— Aí está você — ela diz enquanto se aproxima.

Quebro a casca de um amendoim, esvazio o conteúdo na boca e jogo a casca em um cinzeiro próximo.

Aparentemente, ela está animada por ter me encontrado. Percebo pela cadência aguda de sua voz.

Desconfio que ter metido até as bolas dentro dela na noite passada tenha algo a ver com isso. Quando fiz a princesinha gozar, ela estremeceu como uma folha.

Aliás, Amara pode até ser uma princesa, mas ela gosta de ser dominada, e eu gosto de fazer a realeza implorar.

Mantém minha aparência jovem.

Quebro outra casca e depois quebro o amendoim entre meus incisivos afiados. Amara estremece.

— O que foi? — pergunto.

— Giselle e Holt querem saber se você se juntará a nós para o jantar. — Ela para a poucos metros de mim e cruza as mãos atrás das costas. Está usando o veludo preto dos Remaldi com o altivo leão dourado bordado no peito da túnica. Ela é mais um soldado que uma princesa, preferindo a violência à política, mas nunca viu um campo de batalha na vida.

Traz uma longa espada na cintura, cujo punho está incrustado com rubis cabochão, o que torna quase impossível manejar a lâmina, mesmo se não for para lutar.

É uma arma de exibição, uma exibição escancarada de riqueza.

Diz: *Sou tão rica que posso fazer espadas, não preciso de purpurina e brilho.*

— Sua irmã só quer que eu a coloque de quatro, puxe seu cabelo e a trate como uma putinha suja. — Deixo os amendoins de lado e acendo um cigarro, então me refestelo no sofá ornamentado que está aparafusado ao chão do navio. A sala de jantar a bombordo só é usada em ocasiões especiais, mas eu sou especial todos os dias.

— E você vai? — Amara me pergunta.

— Puxar o cabelo da sua irmã?

Ela estala a língua. Está com ciúmes porque tenho transado com outras pessoas na corte.

— Não. Jantar conosco.

Suspiro e repouso a cabeça no encosto do sofá.

— Acho que não.

— Roc — ela diz o R ronronando.

— Sim?

Amara vem para perto e sobe no meu colo, montando em mim. Posso sentir o calor entre suas pernas. O couro de suas botas novas geme quando ela se acomoda em volta das minhas coxas.

— Venha ao jantar, por favor.

Lindas princesas pedindo por favor.

Não há nada *mais* agradável.

Amara tem o cabelo loiro da família, mas o dela é cacheado. Ela o mantém muito bem puxado para trás e preso na maior parte do tempo, tentando abafar os rumores sobre sua ascendência.

Ninguém na família Remaldi tem cabelos cacheados.

Mas o Capitão da Guarda de seu pai tinha.

E definitivamente correm rumores de um caso do capitão com a Rainha Coroada.

Dou outra tragada no cigarro. Os olhos de Amara vão para minha boca, para o modo como meus lábios sugam o papel. Solto a fumaça um segundo depois, antes de inspirá-la novamente.

Ela suspira e se balança contra mim, esfregando seu clitóris no meu pau.

Mas não estou no clima.

Não quando a Terra do Nunca está se aproximando e minha hora de necessidade está ainda mais próxima.

— Venha jantar e farei valer a pena. — Ela se aproxima para me apalpar.

Ao que tudo indica, Amara é a menos provável de assumir o governo, mas já me surpreendi antes. Afinal, pensei que um príncipe de Lorne estaria governando minha terra natal, mas meu querido irmãozinho estripou a família inteira com as próprias mãos. Então… *surpresa*.

O que falta a Amara em poder real, no entanto, ela mais do que compensa em libertinagem.

Antes dessa bobagem, passávamos a maior parte das noites na Terra Soturna no Distrito da Luz Vermelha trepando e ficando chapados até não conseguirmos nem mais ver direito.

— Desconfio que você fará valer a pena com ou sem jantar — eu lhe digo e dou outra longa tragada no cigarro. Suas bochechas pálidas ficam rosadas. Sou velho demais para ela, embora pareçamos ter a mesma idade, que é vinte e seis anos, mais ou menos.

Creio que sou velho demais para metade das pessoas com quem transo. Ser imortal tem esse problema.

— A irmã quer ter certeza de que sua lealdade a nós permanece intacta — continua Amara — e que você não amolecerá quando se trata de seu irmão.

Eu suspiro.

— Não falo com Vane nem boto os olhos nele há anos. Não há espaço entre nós para amolecer.

Se Amara fosse perita em enxergar além de sua luxúria, veria que estou mentindo. Estou chateado com meu irmão? *Sim.* Ele colocou Peter Pan acima de mim. Mas eu o trairia pela família real? Nunca. Nem em um milhão de anos.

Portanto, preciso agir com cautela e culpo a rainha fae por isso.

Afinal, quando ela veio me cortejar, prometendo revelar os segredos de Peter Pan, enviou a carta ao palácio sabendo muito bem que a família real a interceptaria e se meteria na causa. Eles estão procurando qualquer desculpa para recuperar a Sombra da Morte da Terra Soturna. Só não tinham coragem de confrontar meu irmão.

E, claro, esperam que o assustador irmão mais velho faça o trabalho sujo por eles.

Logo, suponho que tudo vá depender de quais são esses segredos que a rainha fae está usando para tentar me seduzir.

Se não valerem a pena, encontrarei outro passatempo.

Agora, se forem valiosos...

Acho que será difícil para Vane decidir de que lado vai ficar: do meu ou do de Peter Pan. E, se ficar indeciso, acho que vou acabar decidindo por ele.

Não odeio Pan. Mas também não gosto dele.

Passamos bons tempos juntos, decepando a mão do Capitão Gancho como punição pelo que ele fez.

Mas bons tempos não são sinônimos de obediência e lealdade.

E eu jamais conseguiria controlar Peter Pan, seja descarada, seja furtivamente. E ele, com toda certeza, jamais seria leal a mim.

O que significa que, automaticamente, gosto ainda menos dele.

— Venha ao jantar — Amara me pede novamente, agora quase implorando.

Não tenho como me safar dessa, não quando estou confinado na porra de um navio.

— Tá bom.

Seus dentes reluzem em um sorriso de satisfação.

Resmungando, pego meu relógio de bolso e confiro as horas.

— Mas terei de me retirar cedo — aviso. — Sem exceções.

— Você e esse seu relógio... — Ela se inclina para a frente, esfrega-se em mim mais uma vez e pousa os lábios molhados nos meus.

Pensando bem, talvez eu esteja no clima.

Agarro sua bunda com a mão livre. Sua língua avança, perseguindo a minha, e o beijo se aprofunda.

Meu pau endurece. Amara rebola, trazendo o calor de sua xana para mais perto de mim.

Ai, caralho.

E, então, cadê ela?

Abro as pálpebras pesadas só para encontrá-la com uma expressão de divertimento vários passos para trás.

— Isso é tudo o que terá por enquanto. — Ela passa as costas da mão pela boca. — Venha ao jantar se quiser o resto.

— Ah, sua vagabunda devassa — digo a ela e termino o cigarro, contendo a vontade de me ajeitar agora que meu pau está tão duro que é quase estrangulado pelas minhas calças.

— Oito em ponto — ela me avisa e se vira. — Não se atrase. A irmã odeia atrasos.

Nós dois temos um ponto em comum: somos devotos de cada minuto de cada hora.

A Terra Soturna é uma das ilhas mais ricas do arquipélago, mas o que gosta mesmo é de negociar com outra moeda: a *fofoca*.

E a fofoca que corre na corte é que Giselle e Holt — a primogênita e o segundo filho dos Remaldi — estão tentando foder um com o outro ou tentando matar um ao outro.

Honestamente, acho que ambas as possibilidades são igualmente cabíveis.

Assim que entro na sala de jantar, vejo Giselle à cabeceira da mesa da família, com um cálice de conhaque na mão. Ela está usando um vestido dourado cravejado de cristais que brilham contra a luz. Diamantes gigantes da Terra Estival pendem de suas orelhas e outros mais adornam seu pescoço.

Giselle é o tipo de mulher que só é bonita porque é rica. Tenho para mim que se ela tivesse nascido em Umbrage, sob a fumaça e as cinzas das fábricas, seu nariz seria um pouco grande demais para seu rosto e seus olhos muito próximos um do outro.

— Roc — ela diz, sorrindo para mim.

Como sou um canalha diligente, saúdo-a com um beijo na mão, e ela cora diante de minha solicitude.

Duas noites atrás, espirrei um jato de porra na cara dela, o que, na ocasião, não a deixou nem um pouquinho ruborizada.

— Vossa Majestade — eu respondo. — Está deslumbrante.

— Assim como você. Vejo que está usando o presente que te dei.

O presente é um terno de três peças feito sob medida para mim. É do mesmo tom escuro do veludo Remaldi, mas feito de mohair. Ele esconde a maioria das minhas tatuagens, exceto os desenhos em minhas mãos, a boca de crocodilo e os dentes afiados ao redor de minha garganta.

— Ficou divino — ela elogia.

— Graças a você.

Giselle se faz de rogada.

— Sente-se — ela ordena, indicando a cadeira à sua esquerda. Holt geralmente assume esse assento. Vejo que esta noite ela escolheu a violência.

Eu me sento.

A princesa estala um dedo, e um dos criados me traz um copo de uísque da Terra Estival. É uma mistura bastante adocicada, com sabor de caramelo e notas de especiarias.

— É muito cedo para falar de negócios? — ela pergunta.

— E existe cedo demais para você quando se trata de negócios?

Ela dá uma risada que não é de divertimento.

— Não quando o futuro da minha ilha está em jogo. Mas você sabe disso.

— É claro.

O restante da família entra. Holt para de repente quando me vê em sua cadeira e contrai a mandíbula. Sorrio inocentemente para ele.

Eu não comi Holt. E ele me odeia do fundo do coração.

Às vezes eu fantasio libertar o coração de seu peito.

Giselle sustenta o olhar do irmão por um segundo a mais, e, então, ele se senta na cadeira à direita dela.

Holt é apenas um ano mais novo que Giselle, mas acha que está no comando porque é homem.

Obviamente, ele não sabe nada sobre o poder das mulheres.

Amara senta-se na cadeira ao meu lado e se aproxima.

— Você ficou gostoso demais nesse terno.

— Eu sei.

Do outro lado da mesa, os dois primos mais novos da família riem. Julia, cujos pais estão mortos. E Matthieu, cujos pais não estão presentes.

Julia está prometida em casamento a um dos viscondes da Terra Soturna. Para falar a verdade, gosto dela. Jogamos xadrez de vez quando. Ela é espetacularmente ruim, mas eu a deixo vencer.

Os criados trazem a entrada: pão gratinado com queijo acompanhado de legumes assados finamente fatiados e regados com vinagre balsâmico.

— Já decidiu como abordará seu irmão? — Giselle pergunta enquanto empunha a faca e corta o pão, que estala e finalmente racha sob a lâmina.

— É melhor se eu me aproximar dele sozinho. — Bebo meu uísque e faço um gesto para pedir outro.

— E você acha mesmo que vamos te deixar vagando pela Terra do Nunca sem nós? — Holt dispara. — Para poder avisar Vane? E Peter Pan? De jeito nenhum.

— Até parece, Holt — Amara fala com as mãos, balançando os talheres. — Roc está conosco há mais tempo do que está com o irmão. Ele já não é leal a Vane.

Giselle simplesmente me observa.

Bebo o segundo uísque que o criado trouxe.

Se alguém é capaz de identificar minhas mentiras, acho que é ela.

— O tempo não significa nada quando se trata de sangue — diz Holt.

— Tempo significa tudo, Holt — respondo.

Falando nisso...

Verifico meu relógio de bolso.

Tenho uma hora e três minutos.

E estamos apenas na porra do primeiro prato.

— Depois que visitarmos a rainha fae para descobrir com o que estamos lidando, sugiro que todos vocês fiquem atracados no Porto de Darlington — digo a eles. — Não exibam seus brasões reais. Sejam discretos. Nada de ostentar riqueza. E, pelo amor de Deus, não provoquem Peter Pan nem os Garotos Perdidos. Quando chegar a hora certa, eu avisarei.

— Que tal, em vez disso, você trazer Vane para nós? — Holt toca a pedra gigante pendurada em seu pescoço. É praticamente o único resquício de magia na família Remaldi e é, ao mesmo tempo, a última esperança e a tábua de salvação de Holt.

A Sombra da Vida da Terra Soturna está perdida há séculos. E a magia vem diminuindo com a Sombra da Morte fora da ilha.

Eles estão ficando desesperados.

É claro que a pedra mágica funcionará contra meu cruel irmãozinho, que possui uma das entidades mais poderosas das Sete Ilhas. Tenho certeza de que tudo ficará bem.

— Verei o que posso fazer — digo a Holt, mas não o farei.

O segundo prato chega. É uma sopa vermelha espessa.

Agora estou com fome de outra coisa.

No terceiro prato, posso literalmente ouvir os segundos batendo na minha cabeça.

Preciso dar o fora daqui.

Verifico meu relógio novamente.

— Tem algum outro compromisso? — Giselle pergunta.

— Você sabe que gosto de meditar em um determinado horário todos os dias.

— Meditar — Holt debocha enquanto corta seu bife.

Quase todo mundo na Terra Soturna me conhece como Crocodilo, o Devorador de Homens.

Mas eles não sabem o porquê.

Não sabem o que acontece quando os segundos acabam.

— Coma — ordena Holt. — Você não gostaria que toda essa comida fosse desperdiçada, não é, Crocodilo?

— Claro que não — respondo com um sorriso amarelo.

Quando os pratos são retirados novamente, enfim chega a sobremesa.

— Terei de me ausentar do último prato hoje à noite — digo aos presentes, já empurrando minha cadeira para trás.

— Ah, tem mesmo de ir? — Giselle faz beicinho.

— Receio que sim.

— Acho que você deveria ficar — diz Holt.

Tecnicamente, qualquer pessoa sob o domínio da família real tem de seguir uma ordem direta.

Holt não é estúpido. Foi mais uma sugestão que uma ordem para me testar, mas não arriscar seus membros.

— Eu realmente preciso me retirar — respondo. — Mas agradeço a hospitalidade de sempre.

Minha pele se arrepia quando me debruço sobre Giselle e beijo-lhe as costas de sua mão novamente.

— Boa noite, Vossa Majestade.

— Boa noite, Crocodilo.

Ela tem aquela expressão no rosto — uma promessa de que a verei mais tarde.

Não hoje à noite. Não se eu puder evitar.

Sigo em direção à porta.

— Espere.

Meu estômago se revira e preciso reunir todas as minhas forças para não perder a cabeça.

Viro-me novamente para o salão. Holt diz:

— Chegaremos à ilha em breve. Espero que esteja pronto para desembarcar.

— Claro, Vossa Alteza.

Preciso dar o fora daqui ou comerei Holt no jantar.

— Está dispensado — ele diz.

Faço uma mesura para a sala e empurro a porta vaivém.

Tenho meu relógio em mãos enquanto corro pelo corredor e, em seguida, deslizo pelo corrimão da escada até os andares inferiores. Encontro uma criada e pego sua mão.

— Venha comigo — digo, e ela tenta se opor, mas não há *tentativas* comigo.

O relógio bate mais alto na minha cabeça.

O suor escorre pela minha nuca.

Muito perto.

Perto demais.

Puxo a garota para minha cabine, bato e tranco a porta atrás de nós.

— Meu senhor — ela diz e retorce as mãos.

Todos conhecem minha reputação. Mas eu não preciso trepar.

Preciso comer.

— Minhas desculpas, garotinha — digo a ela enquanto a mudança martela atrás dos meus olhos e avisto minhas íris brilhantes no espelho sobre a mesa. A garota se engasga, o lábio inferior tremendo. — Vai levar só um minuto.

E, então, agarro-a pela nuca e puxo-a para mim.

1

PETER PAN

FALTA QUANTO TEMPO PARA O SOL NASCER?

O pensamento me vem à mente conforme seguimos pela estrada da Terra do Nunca rumo à casa da árvore, encharcados de sangue, mergulhados na vitória e cobertos pela escuridão.

É uma preocupação antiga que ainda desencadeia um arrepio de pânico pela minha espinha e me oprime o peito.

Porque, se eu for pego pela luz do sol, virarei cinzas.

Demoro alguns segundos para me dar conta de que não preciso mais me preocupar com a luz.

Tenho minha sombra.

A Terra do Nunca pertence a mim novamente, e eu pertenço a ela.

Os gêmeos assumiram a dianteira, mas Vane está ao meu lado. Posso sentir suas perguntas pairando entre nós.

— O que foi? — pergunto, mantendo meu olhar nos gêmeos. Eles se bajulam, apesar de estarmos voltando de uma batalha com a irmã deles, a rainha fae, na qual ela claramente traçou os limites para os dois e ambos escolheram um lado: *o meu*.

Teremos de enfrentá-la de novo e, se tudo sair como eu quero, ela será destronada, os gêmeos serão coroados reis da corte dos fae e tudo ficará como deveria ser.

Este é o meu resultado preferido: voltarei a ser o que era e a Terra do Nunca ficará em paz.

O Capitão Gancho ainda é um curinga, e eu não gosto de jogos de cartas.

Terei de lidar com ele mais cedo ou mais tarde. E com Cherry.

Mas estou colocando o carro na frente dos bois.

— Como está se sentindo? — Vane pergunta. Não está mais olhando para mim, mas ainda posso sentir o peso de sua atenção.

— Eu…

Como é possível resumir a sensação de estar inteiro novamente? Como resumir a sensação de estar vivo depois de me sentir morto por tanto tempo? Talvez não literalmente, mas espiritualmente, magicamente? Eu era uma criatura ambulante e falante, mas sem alma.

Como eu me sinto?

Achei que, assim que recuperasse minha sombra, voltaria a ser qualquer versão de mim mesmo que existia antes de tê-la perdido. Mas é impossível. Percebo isso agora.

Eu mudei.

Peter Pan, o infame Rei da Terra do Nunca, foi transformado por uma Darling, um Sombrio e dois príncipes fae.

Como eu me sinto?

É uma pergunta impossível de responder.

— Estou bem — digo a Vane e ele zomba. Então eu acrescento: — Estou ansioso para voltar logo para a nossa Darling. Vou fazê-la gritar meu nome ao nascer do sol. — Eu o encaro. Estou do lado de seu olho bom, mas não tenho ideia do que ele está pensando. — Você vai transar com ela também? Socar bem fundo até que eu possa ver o prazer estampado no rostinho dela?

Já estou duro só de pensar.

Não consigo me lembrar da última vez que trepei com minha sombra intacta. Quantos séculos já se passaram? Muitos. Tantos que perdi a conta.

Uma pitada de desconforto, entretanto, aparece nas linhas finas ao redor dos olhos de Vane.

— Eu ainda preciso lhe causar dor para poder lhe dar prazer.

Os gêmeos riem, e, então, Bash passa o braço em volta do pescoço de Kas e o puxa para o lado.

— A Darling está ciente do custo — digo a Vane.

— Sim, mas qual é o custo para *mim*? Já considerou isso?

— Não, na verdade não — admito, porque não faz sentido mentir. — Por que não me conta?

— Quando ela sangra... não é a sombra... — Ele pragueja e depois tira um cigarro da cigarreira de aço que tem no bolso. Há sangue de pirata seco sob suas unhas e nas ranhuras dos nós dos dedos. Mais ainda espalhado em seu rosto.

Gosto mais de Vane quando ele está coberto de carnificina. Isso me faz lembrar de que não estou sozinho na minha sede de destruição.

Espero que ele acenda o cigarro e encha os pulmões de fumaça.

— Vá em frente — eu lhe digo.

— A sombra não se importa se as Darling sangram — ele diz. — Mas o que eu sou além da sombra... *se importa*.

Tenho um vislumbre do Crocodilo lambendo o sangue de Gancho depois que cortamos sua mão.

Roc se regozijou.

Achei que era apenas uma peculiaridade estranha. Até onde sei, aquele filho da puta é maluco. Nunca me questionei quanto a isso, e Gancho também perdeu a cabeça, então acho que a lição foi bem dada.

As Sete Ilhas são o lar de tantas criaturas, tanta magia, tantos mitos e tantas lendas que é impossível adivinhar o que Vane pode ser. Mas agora tenho de me perguntar se isso é de família.

Pode haver inúmeros monstros nas ilhas, mas aqueles que têm sede de sangue... não são tão numerosos assim.

Vane dá uma longa tragada no cigarro.

Além da trilha, os lobos nos rondam na escuridão.

À medida que a estrada faz uma curva a sul em direção à casa da árvore, estalo os dedos para Vane e ele me passa o cigarro para eu dar uma tragada.

A fumaça não queima como antes, e fico surpreso ao descobrir que estou desapontado.

— Então o que está querendo dizer? — eu lhe pergunto depois de expirar.

— Não sei.

— Acho que sabe, mas não quer me contar.

Ele suspira.

— Para Winnie, sou uma lâmina e um predador com dentes afiados. Se eu não lhe cortar como uma, vou rasgá-la como outro e não sei o que fazer quanto a isso.

Ouvi-lo chamá-la pelo nome é estranho. Uma sensação *íntima*. Tenho de afastar a chama de ciúme de que eles possam ser mais próximos do que eu imaginava. Porque é claro que eles serão. É inevitável. Eu sou um rei. Serei sempre mantido à distância. E os gêmeos nunca serão mais próximos de ninguém do que são um do outro.

Sempre foi para ser com Vane.

Todos nós a possuiremos, mas Vane terá uma parte dela que o resto de nós nunca poderá ver.

E eu tenho de aceitar isso. E *aceito*. Só que isso significa que preciso manter os dois juntos, porque sem um perderei o outro e sem os dois...

Os lobos se aproximam e vejo um correndo pela vegetação rasteira à minha esquerda.

— O que você está me dizendo é que desistir da sombra da Terra Soturna não resolverá seus problemas, então o que realmente deveríamos fazer é encontrar para você a Sombra da Morte da Terra do Nunca e...

— Ah, seu filho da puta — ele diz, mas há um toque de risada em sua voz. Ele toma o cigarro de volta.

— Escute — eu digo —, sei bem como é tentar lidar com o fato de ser as duas faces de uma moeda ruim. Se há alguém que entende isso, sou eu. Então fale comigo, porra.

Os pelos dos meus braços se arrepiam quando os gêmeos começam a se mover lentamente mais adiante e um lobo nos espreita da floresta.

Estou conectado à Terra do Nunca mais uma vez, só que já faz tanto tempo que não reconheço as sílabas da língua da terra, as arestas vivas das consoantes, a suavidade das vogais... Tenho de aprender tudo de novo.

O que é isso atormentando minha cabeça? Uma sensação de que algo está errado.

Olho para Vane.

Talvez eu o tenha pressionado demais. Talvez sua Sombra da Morte esteja roçando a minha.

Nunca estivemos lado a lado assim, duas sombras de terras diferentes.

Não ter considerado isso me irrita.

A possibilidade de isso se tornar um problema me apavora.

— Você também está sentindo? — pergunto.

Ele me confirma que sim com um aceno, seu olho violeta ficando preto.

O lobo trota até o meio do caminho na frente dos gêmeos.

Vane e eu avançamos lentamente, flanqueando os príncipes para que enfrentemos o lobo numa linha formidável.

— Isso não é normal — sussurra Kas, mantendo a voz baixa e uniforme. O vento muda, jogando seu cabelo na frente de seu rosto, mas ele não faz nenhum movimento para retirá-lo.

Há muito, muito tempo, eu corria com os lobos, mas a memória é tão antiga que é mais fumaça que fogo, quase não existe.

Não vejo os lobos tão de perto desde que perdi minha sombra.

Bash assobia e diz:

— O que está fazendo, garoto?

O lobo abaixa a cabeça. Mesmo curvado, ainda tem metade da altura dos gêmeos. Sua pelagem é como um céu escuro de crepúsculo — quase todo preto com manchas brancas e cinza.

Ele nos encara com os vívidos olhos azuis.

— O que fazemos? — Kas pergunta.

O lobo se colocou entre nós e a casa da árvore.

Estou impaciente para retornar à minha Darling.

Dou um passo adiante.

Aquela sensação de que há algo errado aumenta.

— Ande — digo ao lobo. — Volte para a mata. — O animal endireita os ombros e levanta a cabeça, arreganhando os lábios para deixar à mostra os reluzentes dentes afiados. — Vá logo. Não vou falar de novo.

Dou mais um passo e o lobo se vira e começa a correr.

Mas não na direção da floresta.

E, sim, pela trilha que leva direto à casa da árvore.

2

PETER PAN

Pressinto o destino do lobo imediatamente.

Ao meu lado, Bash começa a dizer:

— Talvez nós devêssemos...

Mas não estou ouvindo, e não vou esperar nem a pau.

Dobro os joelhos e pego impulso no solo da Terra do Nunca com a urgência mortal de um avião a jato. Alço voo em menos de um segundo e estou quebrando a barreira do som pouco depois.

As árvores balançam sob a força do meu voo.

Não há tempo para me deleitar por estar no ar novamente.

O pânico faz o sangue martelar em meus ouvidos e ferver em minhas veias.

O lobo está indo atrás da casa.

Eu estou indo atrás do lobo.

Quando pouso diante da casa da árvore, encontro a porta da frente destruída, nada além de lascas, e a bile sobe pela minha garganta.

— Darling!

Escancaro o que resta da porta, que se estraçalha contra a parede.

Vejo pegadas molhadas na frente da lareira e desaparecendo escada acima.

— Darling!

Alguns Garotos Perdidos saem de seus quartos esfregando os olhos.

— Pan, o que foi isso? — um deles pergunta.

— Darling! — grito de novo e não me preocupo com as escadas.

Ouço um grito vindo do loft, depois um rosnado, e os periquitos saem em uma revoada turbulenta da árvore.

Quando pouso do lado de fora do quarto da Darling, sinto o cheiro almiscarado da pele do lobo.

Uma voz feminina choraminga de medo lá dentro.

Abro a porta e encontro Cherry encolhida no canto do quarto e o lobo parado na beira da cama da Darling rosnando para mim.

A Darling está deitada de lado coberta com um lençol fino, dormindo profundamente.

Eu me aproximo. O lobo solta um rosnado de advertência.

Posso não falar a mesma língua dele — *ainda* —, mas sei que a fera pode sentir a intenção, especialmente a minha. E, se tiver de escolher entre o lobo e a Darling, sei muito bem qual será minha escolha.

Ele também precisa saber.

Um aviso é um aviso.

— Fora — eu lhe digo.

O lobo, no entanto, dá-me mais um rosnado e então sobe na cama, faz um círculo e se enrola ao lado da Darling, mantendo os olhos abertos e fixos em mim, desafiando-me a chegar mais perto.

Mas que porra está acontecendo?

— Cherry! — Ela solta um gemido estrangulado. Está tremendo como uma vara verde. — Cherry, você está bem?

Ela respira fundo e depois limpa o nariz.

— Estou bem. Estou bem. Estou...

Mas seus olhos estão vermelhos como sangue, o que me dá motivos para acreditar que ela está chorando há muito mais tempo que nos últimos minutos.

Tudo está errado.

Tudo parece fora do lugar.

Não tenho certeza, porém, de que não seja a minha sombra se realinhando e turvando minha intuição.

— A Darling está bem? — pergunto a seguir.

Cherry engole em seco audivelmente e se apoia na parede para se levantar.

— Ela, ela... eu...

Vane entra no quarto atrás de mim e corre para a cama, mas o lobo emite outro rosnado gutural e Vane para.

— Que porra está acontecendo? — ele pergunta. — Por que o lobo está na cama de Winnie?

— Não sei — respondo. — Você tem tanta informação quanto eu.

Ele me encara como se eu estivesse sendo um idiota.

— Ok, então por que ela está dormindo aqui? Eu fui bem claro quando mandei Winnie ir para sua tumba. Cherry, por que diabos ela está dormindo na cama? — Os olhos de Cherry ficam vidrados novamente e ela balança a cabeça, o lábio inferior tremendo. — Cherry! — Vane grita.

— Eu não sei! — ela grita de volta e fecha os olhos, limpando mais lágrimas.

— Ei — digo a ele. — Vá tomar uma bebida.

Vane olha feio para mim, e seus olhos ficam negros novamente.

— Tem alguma coisa errada.

A voz da sombra vibra em sua garganta, e o lobo levanta a cabeça com interesse.

Agarro Vane pelo ombro. Ele não é mais páreo para mim, então não tenho medo de sua retaliação. E, ah, isso é libertador.

— Vá tomar uma bebida. *Agora.*

Ele me fulmina com os olhos negros e gélidos, antes de passar pelos gêmeos que estão à porta.

— Ora, ora, não era isso que eu esperava. — Bash passa por mim. O lobo apoia a cabeça nas enormes patas dianteiras.

— Cuidado, irmão — previne Kas.

— Eu sei o que estou fazendo — argumenta Bash.

— Você diz isso agora, mas devo lembrá-lo...

— Não, você não deve — diz Bash.

— ... da vez que tentou lutar com um lobo e ele quase comeu essa sua cara ridícula?

— Está tudo bem, garoto. — Bash dá mais um passo. Não sei o que me chama mais atenção: Winnie ou o lobo.

Como diabos ela ainda está dormindo com toda essa comoção?

Bash fica a um passo da cama e estende a mão para que o lobo possa cheirá-lo.

— Viu? — ele diz. — Eu sou um dos bonzinhos.

Kas bufa.

Quando o lobo parece satisfeito com o príncipe, Bash lhe faz um carinho na cabeça e depois lhe dá uma coçadinha atrás da orelha.

— Amigos? — Bash traz a outra mão para esfregar o pescoço do lobo.

Cherry tenta aproveitar nossa distração com o animal para sair do quarto, mas eu a agarro pelo punho e a puxo para trás.

— Ahhhhhhh — ela respira enquanto aperto mais forte seu braço.

— Por que Winnie está na cama dela e não na minha tumba?

Cherry engole em seco. Lambe os lábios, agita os cílios. Ela está com dificuldade para recuperar o fôlego.

— Talvez estivesse cansada.

Estreito os olhos e sou tomado por uma sensação antiga e familiar.

Um instinto cabal que me devora por dentro.

Cherry está mentindo.

Mas por que mentiria sobre algo assim?

Observo a Darling novamente, seu peito subindo e descendo em respirações regulares.

Algo está diferente na energia do cômodo, e não sei dizer se é o lobo, minha sombra ou a animação dos gêmeos.

— A Darling está bem? — pergunto novamente e depois suavizo minha voz. — Fale comigo, Cherry.

Seus ombros tremem com um arrepio.

Nós dois olhamos para seus braços ao mesmo tempo, e percebo que ela está repleta de hematomas e arranhões.

— O que aconteceu com você?

— Um periquito ficou preso no meu quarto.

Outra mentira.

— *Cherry!*

— Uau — diz Bash.

— O que foi? — rosno.

Quando me viro para ele, vejo a Darling abraçando o pescoço do lobo. Ela se aconchega nele e respira fundo.

— Eu estou bem — ela responde, mas sua voz está distante e sonolenta.

Um pouco do meu pânico é aliviado. Então digo a Cherry:

— Fique em casa até eu precisar de você. Entendido?

— Claro — ela responde e, quando solto seu braço, desaparece em um instante.

Os gêmeos recuam para que eu possa ir até a cabeceira. O lobo parece aceitar minha aproximação agora.

— Está acordada, Darling?

Ela parece a mesma de sempre. Os mesmos cabelos grossos e escuros. Os mesmos lábios carnudos e vermelhos, os mesmos cílios fartos e escuros sobre a pele clara.

Ela parece a mesma, mas não sinto como se fosse a mesma, e o lobo está dificultando a compreensão do porquê.

A energia de Winnie está em toda parte, sua selvageria permeando o ar.

— Darling? — Tento novamente quando ela não responde.

— Hum?

— Jura que está bem?

Ela inspira o cheiro do lobo e parece completamente inconsciente de que está aconchegada ao lado dele.

— Juro.

Quero despertá-la. Quero abraçá-la. Quero contar a ela que recuperei minha sombra e ver a excitação em seu rosto.

Mas ela está tão plena.

Por enquanto, isso deve bastar.

— Venha me encontrar quando acordar — eu peço.

— Tá bom.

Ela volta a dormir.

Encaro o lobo, sua cabeça voltada para mim, os olhos azuis cravados em mim.

— Ela é minha. Está me entendendo, lobo? *Minha*.

A fera solta outro rosnado gutural, mas deixa o som morrer antes de aconchegar a cabeça novamente.

Lá fora, o céu está ficando azul-claro com o sol nascente.

— Fiquem com ela — digo aos gêmeos. — Me chamem se qualquer coisa mudar, que eu virei imediatamente.

Os gêmeos me dão um aceno positivo antes de Bash se acomodar na poltrona e Kas no assento no parapeito da janela.

Satisfeito por, ao que tudo indica, a Darling ter um novo protetor e dois príncipes fae tomando conta dela, saio de seu quarto para respirar o ar úmido da manhã.

3

KAS

QUANDO MEU IRMÃO E EU ÉRAMOS PEQUENOS, NOSSO PAI capturou um filhote de lobo e nos deu como presente de solstício. Chamamos o lobinho de Balder, em homenagem a um de nossos deuses fae.

O filhote cresceu e se tornou um lobo feroz que aterrorizava a corte sempre que tinha oportunidade. Até que, por fim, nosso pai nos obrigou a mantê-lo preso nos estábulos, mas Balder dormia todas as noites conosco desde o momento em que chegara e, por isso, sozinho lá nos estábulos, uivava a noite inteira.

— Alguém pode calar a boca desse cachorro? — reclamava nossa mãe. — Eu avisei seu pai que era uma péssima ideia trazer essa fera para casa.

Mamãe odiava qualquer coisa em que não pudesse mandar.

Para manter Balder quieto, Bash e eu dormíamos com ele nos estábulos, aninhados no feno macio que cobria o chão de terra.

Bash e eu não nos importávamos. Ninguém nos incomodava nos estábulos. Ninguém ficava nos observando, julgando e apontando nossos erros, dizendo o que não estávamos fazendo nem que deveríamos fazer de outra forma, correta.

Mas então, certa noite, acordamos e descobrimos que Balder havia sumido, e percebemos mamãe pairando sobre nós. Era meio da noite, portanto só conseguíamos ver o brilho dourado de suas asas e sua silhueta escura.

— Chega de brincar na terra — ela disse. — Vocês são príncipes e está na hora de desempenharem seu papel.

— Onde está nosso lobo? — Bash perguntou.

— Ele fugiu — disse mamãe e, em seguida, dirigiu-se para as portas abertas do estábulo. — Espero que estejam vestidos e no salão de reuniões ao nascer do sol.

Só que Bash e eu ignoramos a ordem e saímos vasculhando a floresta, procurando Balder.

Acabamos indo parar na orla do bosque, onde a mata se encontrava com a praia arenosa da lagoa.

Peter Pan estava à beira da água olhando para um redemoinho de luz.

Já havia perdido a sombra a essa altura, mas, mesmo assim, mamãe nos prevenira sobre ele.

Na verdade, só estar em seu território já era uma má ideia, imagine cruzar com ele.

— Podem sair — ele disse, ainda de costas para nós. — Posso ouvir vocês respirando.

Bash e eu trocamos um olhar. Será que deveríamos ousar?

Sempre fomos fascinados por Peter Pan. Ele era mais velho do que qualquer um conseguia se lembrar. Mais mito e deus que homem. Até nosso pai tinha medo dele — e papai não temia ninguém.

Bash foi o primeiro a sair da cobertura das árvores.

— Estamos procurando nosso lobo — ele disse. — Você o viu?

— Como está sua mãe? — Pan respondeu com outra pergunta.

Segui meu irmão e senti a areia se insinuando entre os meus dedos dos pés.

Sabíamos que havia um passado entre Tinker Bell e Peter Pan, mas a corte das fadas sempre se baseou mais em fofocas que em fatos. Não sabíamos ao certo qual era a história real. Sabíamos, porém, que, à menção do nome de Peter Pan, as asas de mamãe brilhavam mais intensamente, enquanto seu rosto se fechava em uma carranca.

Tinker Bell amava e odiava Peter Pan. E tentava esconder o amor agora que estava casada com o rei fae.

Mas suas asas nunca mentiram.

— Mamãe está bem — respondi.

— Ah, é? Ela está tentando controlar suas vidas como fez com a minha? — Ele olhou para nós por cima do ombro.

Acho que ele já sabia a resposta, mas, embora Bash e eu não fôssemos próximos de mamãe, não íamos falar mal dela. Nani nos ensinou bem.

— O lobo de vocês está morto — ele disse. — Suspeito que Tinker Bell saiba algo a respeito. — Então se virou e sumiu no meio da floresta.

Bash e eu nos entreolhamos.

— Que porra foi essa? — Bash perguntou.

— E eu que sei?

E, então, um redemoinho de luz surgiu na lagoa. E lá, afundando, estava o cadáver de nosso lobo.

Bash acende um cigarro e dá uma longa tragada antes de passá-lo para mim. A casa da árvore está silenciosa, mas, como é cedo, eu não esperaria nada diferente.

— Agora que Pan tem sua sombra de volta — diz Bash —, acho que poderíamos retomar a corte se quiséssemos. Tilly até pode estar determinada a tramar contra Peter Pan, mas tudo isso à custa de seu exército.

Há um acumulado de cinzas fragilmente dependurado na ponta do cigarro. Eu o viro de lado e sopro, as brasas brilham, as cinzas se espalham.

— Pois é.

— É o que queremos? A corte de volta?

Trago o cigarro e seguro a fumaça nos pulmões.

— Você quer?

Ele apoia a cabeça na lateral larga da poltrona. Seu olhar está voltado para a Darling.

— Por muito tempo, foi tudo o que eu quis. — Ele suspira e esfrega os olhos. — Mas agora não tenho tanta certeza.

— Nunca tive a fome do poder que a monarquia incita, mas sabe do que sinto falta? — Devolvo-lhe o cigarro. — Dos rituais. Das cerimônias. Das celebrações de solstício. Do cheiro das festas e da batida constante da música enchendo os salões.

Meu irmão sorri e acena com a cabeça, concordando, e, num instante, o quarto da Darling é tomado por uma ilusão que é uma réplica perfeita das nossas lembranças.

O salão comensal do palácio das fadas, com arandelas de metal penduradas no teto brilhando com a magia das fadas. O cheiro de carne assada, bolos, batatas com ervas e biscoitos de mel.

É quase doloroso olhar, mas não posso deixar de me perder na memória.

Eu odiava cada parte da vida na corte das fadas quando era um príncipe vivendo esse dia a dia.

É um sentimento mortal considerar aquilo que se tem como garantido, sentir falta daquilo que foi perdido, mas agora entendo mais do que nunca.

Tudo é para sempre na Terra do Nunca, mas tudo se perde tão facilmente.

Sou tão velho que já perdi a conta.

Peter Pan é tão velho que ninguém se lembra de quando ele apareceu pela primeira vez.

No entanto, ainda ansiamos por permanência e substância, algo sólido sob nossos pés que possamos chamar de nosso.

Algo ao qual podemos pertencer.

A palavra *amor* me vem à mente.

Amar e ser amado.

Apegar-se a algo, não por medo, mas por contentamento.

Bash exala fumaça e apaga o cigarro em um potinho de barro ali perto.

— Sabe quem esse lobo me lembra? — Ele indica a criatura negra e peluda enrolada ao lado da Darling.

— Balder — digo facilmente.

O lobo levanta as orelhas e abre os olhos, encarando-nos fixamente.

Meu irmão e eu trocamos um olhar.

— Balder? — Bash repete, e o lobo levanta a cabeça. Num segundo, ele se coloca de pé e se aproxima da cama. — É você mesmo, garoto?

O lobo geme e abana o rabo forte no colchão.

— Como é possível? — Bash coça a nuca. — Balder está morto há... muito tempo.

Ouço a voz de Nani ecoando no fundo da minha cabeça e repito suas palavras em voz alta para meu irmão.

— A lagoa dá e tira.

Ele franze a testa para mim.

— Papai também sabia disso. Foi por isso que entrou nas suas águas.

— Então a lagoa nos deu Balder anos e anos depois que Tink o matou? Por quê?

— Não acho que ele esteja aqui por nós... — pondero, balançando a cabeça. — Você se lembra do que Nani costumava dizer sobre os lobos?

— Que são símbolos de proteção e força.

— Faz sentido. É claro que a Darling deveria ser protegida. Nós a tratamos como uma prostituta, e a ilha está nos dizendo para deixarmos de ser babacas ou o lobo vai arrancar nossos pintos com uma mordida.

— Não seja idiota. A Darling gosta de ser tratada como uma puta. E a ilha não deveria fazê-la se envergonhar por isso.

Ele está certo. Por qualquer que seja a razão, a Darling gosta do que gosta, e quem somos nós para negar a ela?

Mas, pela expressão em seu rosto, posso dizer que Bash está pensando a mesma coisa que eu.

— Você sabe o que mais acabou na lagoa — diz ele, com a voz rouca.

— Nem comece — digo a ele. — Nem quero pensar nisso.

Um arrepio percorre minha espinha.

Então a Darling se espreguiça sob o lençol e boceja. E, quando abre os olhos e vê o lobo ao seu lado, solta um grito assustado.

4

WINNIE

Tem um lobo enorme deitado ao meu lado na cama. Sinto seu calor irradiando. Ele vira a cabeça para mim e me fita com brilhantes olhos azuis.

Kas e Bash também estão ali em um instante.

— Está tudo bem — Kas me tranquiliza. — Aparentemente, ele gosta de você. Ele veio direto para a sua cama na madrugada e não saiu do seu lado.

Sinto uma conexão imediata com o lobo. E juro que ele me diz: *Vai ficar tudo bem*.

Esfrego os olhos para espantar o sono e tento afastar a névoa do meu cérebro.

Ainda estou sonhando?

Na verdade...

— Vocês dois me trouxeram para a cama? — pergunto aos gêmeos.

Eles negam.

— Você não se lembra? — Bash pergunta.

— Não inteiramente. Lembro-me dos piratas e de Vane e Cherry e então...

Por que não consigo me lembrar de nada depois disso? Já fiquei bêbada antes, tenho quase certeza de que não bebi depois dos piratas.

Cherry pediu minha ajuda, mas, depois, tudo fica confuso.

— Peraí — eu digo. — Pan conseguiu recuperar sua sombra?

Os gêmeos sorriem.

— Ele conseguiu. — Respiro aliviada. — Graças a Deus. Onde ele está? — Jogo o lençol de lado e coloco os pés descalços no chão.

— Suspeito que saiu para saudar a luz do sol — diz Kas.

— E Vane? — pergunto.

Bash revira os olhos e cutuca uma unha lascada.

— De bico, pensativo como sempre. Como se ele tivesse muito em que pensar...

O gêmeo fala com desdém, mas tenho a nítida sensação de que há algo mais que ele não está me contando.

Vou até ele, ou *não*... não é isso, exatamente. Eu me sinto atraída por ele. Sinto que preciso... tranquilizá-lo?

Eu posso *senti-lo*.

O que é bizarro.

É um zumbido fraco de energia, não muito diferente do zumbido que eu sentia quando mamãe e eu morávamos sob uma grande linha de energia em Wisconsin.

Ainda há sangue espirrado no rosto de Bash, sangue vermelho e sangue que brilha como escamas de peixe. Lembro-me da irmã deles fazendo-nos de reféns.

Sinto a dor dos gêmeos, mas eles não falam sobre isso, e é estranho sentir isso, não é? Ou será que é alguma nova dinâmica entre nós? Algum tipo de poder empático, agora que o Rei da Terra do Nunca recuperou sua sombra?

Não tenho ideia de como deve ser a Terra do Nunca com o rei completo novamente.

Fico na ponta dos pés e passo os braços em volta do pescoço de Bash.

— Lamento que sua irmã tenha feito isso com você.

Ele fica rígido por um segundo antes de se derreter no abraço e suspirar, relaxando os ombros.

E, então, vou até Kas e abraço-o também. Ele não foge do carinho, e seu cabelo desliza ao nosso redor, fazendo cócegas em meus braços.

— Está tudo bem, Darling — ele me diz. — Ficaremos bem.

Eu me afasto e pego seu lindo rosto em minhas mãos. Sua testa escura está franzida acima de seus olhos dourados e brilhantes.

— Eu sei que vocês ficarão bem, mas também sei o que é ser traído por aqueles que te amam.

Ele concorda.

Percebo uma pequena mudança em seus comportamentos. Apenas um pedaço da dor desaparecendo.

Ainda temos trabalho a fazer pelos gêmeos e pela corte das fadas, mas primeiro...

— Onde está o Rei do Nunca? Está diferente com sua sombra? Eu quero ver.

— Dominador como sempre — diz Bash com um grunhido. — Eu o procuraria na praia.

Vou até o corredor, mas paro à soleira da porta.

— Você faz panquecas para nós? Para celebrar? — Meu estômago ronca com a menção de comida. Estou morrendo de fome e, melhor ainda, tenho apetite. — Vou buscar o Rei do Nunca enquanto vocês vão colher amoras silvestres? Que tal? — Os gêmeos se entreolham e ouço o tilintar distante de sinos. — Vou considerar isso como um sim — digo e, então, saio para o corredor.

Eu pretendia ir sozinha atrás de Pan, mas ouço o estalinho baixo de unhas de lobo batendo no piso de madeira conforme sigo meu rumo.

O loft está vazio quando chego lá, mas os pássaros gorjeiam alto na Árvore do Nunca.

— Bom dia — digo, e vários passarinhos saem voando dos galhos e me seguem em um redemoinho de penas farfalhantes.

O lobo se coloca ao meu lado.

Nunca tive um animal de estimação. Quer dizer... não exatamente. Tive um gato de rua em um de nossos apartamentos anos atrás. Eu o alimentava com atum que comprava na lojinha de um dólar. Ele ficou por perto por alguns meses, até que o inverno chegou e eu nunca mais o vi.

Mas, com certeza, nunca tive um lobo.

— Por que está me seguindo? — pergunto enquanto abro as portas que dão para a varanda.

Não espero que ele me responda, mas, mesmo assim, sinto sua resposta.

Proteção.

Paro e fito o lobo. Ele estica o pescoço para encontrar meu olhar.

— Você acabou de falar comigo? — Ele abana a cauda longa e espessa. — Esta é a manhã mais esquisita que já tive na Terra do Nunca e olha que já acordei acorrentada a uma cama.

Desço a escada, e o lobo me segue e continua me seguindo conforme atravesso o quintal.

Paramos no fim do caminho de terra, quando avisto Peter Pan na costa arenosa de frente para o oceano, onde o sol começa a pintar uma faixa de fogo na linha do horizonte. Olho para o lobo:

— Hora de ir — eu lhe digo.

Não, ele responde.

— Estou conversando com um lobo — murmuro. — Talvez eu esteja morta... — Então: — Se você está aqui para proteção, não estou mais segura com você que com Peter Pan.

O lobo pisca para mim.

— Vamos lá — digo ao animal novamente. — Preciso deste momento a sós com ele.

E então nós dois voltamos nossa atenção para Pan, observando a linha de suas costas contra as ondas cristalinas do oceano.

Está bem. O lobo se embrenha no mato, e eu desço até a praia.

Quando me coloco entre Pan e as ondas do mar, encontro-o de olhos fechados, os braços em volta dos joelhos.

— Sente-se — ele me ordena.

Sinto uma faísca queimando em meu peito. É como se fosse um tipo de conhecimento que deveria ter um nome, mas não tem. Como se eu tivesse entrado em uma cidade que nunca visitei, mas que sei para onde todas as estradas levam.

— Ele está vigiando — diz Pan, com os olhos ainda fechados. — Posso senti-lo em todos os lugares, até mesmo em você.

Demoro um segundo para entender que ele se refere ao lobo.

Na linha de samambaias e folhas de palmeira na beira da praia, vislumbro o reflexo de pelos negros.

— Ele disse que nos daria um pouco de privacidade.

Pan abre só um olho para me espiar.

— Você está falando com lobos agora, não é?

— Parece que sim. — Dou de ombros.

— Sente-se, Darling.

Cruzo as pernas e me sento. Sinto seu calor irradiando ao meu lado, assim como senti com o lobo, e, vibrando na minha pele, há uma nova energia ao seu redor, que eu juro poder sentir.

Tudo está agitado e, não sei por que, mas sinto que não estou inteiramente em minha própria pele.

— Você recuperou sua sombra — digo.

— Recuperei.

— E como se sente?

Peter expira e então abaixa a cabeça.

— Achei que sentiria alívio. E *sinto*. Mas... — Ele levanta a cabeça e aperta os olhos para a linha do horizonte.

— Mas o quê?

— Depois de saber como é perder algo, é difícil descartar o medo de perdê-lo novamente.

Eu o entendo, de certa forma. Não faz muito tempo que eu estava com medo de perder minha sanidade.

O poder, no entanto, é diferente. E não consigo deixar de pensar na conversa que tive com Vane sobre o carvalho pujante. Eu tinha me convencido de que era como o carvalho, resiliente e determinado, mas, ao conhecer esses homens poderosos, percebo que mal consigo entender o conceito de poder.

Eu sou a árvore de tronco retorcido e torto, tentando se esticar para alcançar a luz, tão frágil que, a cada tempestade, seus galhos rangem e suas raízes se agarram à terra, rezando para que seja o suficiente para mantê-la no chão.

O que eu sei é o mínimo do mínimo.

Nunca tive poder.

Eu me achego a Pan e envolvo meu braço no dele, descanso minha cabeça em seu ombro e tento convencê-lo de que sei uma ou duas coisas sobre tudo isso.

— Desta vez será diferente.

— Você parece ter tanta certeza.

— E tenho. Não há mais Tinker Bell.

Ele faz uma careta.

— Sim, mas em breve haverá um Crocodilo.

— Tenho certeza de que Vane pode nos ajudar a lidar com o irmão dele.

Pan concorda.

Voltamos nossa atenção para o oceano e para o céu claro da manhã. Tons de rosa, lavanda, amarelo e laranja irrompem nas nuvens finas e delicadas. Um bando de gaivotas passa voando.

Em algum lugar próximo, posso ouvir um tique-taque.

— Que som é esse?

Pan franze o cenho.

— Como assim?

— Tipo um relógio.

Ele me lança um olhar desconfiado e então se inclina, enfia a mão no bolso e pega um relógio de bolso sem corrente.

— Este?

O tique-taque está mais alto agora que não há nada para abafá-lo. Pego o relógio, examino as delicadas filigranas gravadas na frente e vejo que há algo escrito no verso.

Leio o que está gravado.

— A Sociedade dos Ossos?

Pan olha para o objeto.

— Sim. Eles se autoproclamam os inventores do tempo. São os únicos relojoeiros das Sete Ilhas.

— Interessante.

— Nem tanto.

— Qualquer coisa chamada A Sociedade dos Ossos é interessante. Por que esse nome?

— Não sei. Nunca me importei em perguntar. O tempo não significa nada para mim.

Pressiono o botão na parte superior do relógio e a parte frontal se abre revelando o mostrador das horas.

Os ponteiros marcam sete horas e dois minutos.

— A hora está correta?

— Eu não saberia te dizer.

— Então, como você...

— Psiiiu, Darling — ele diz, pega o relógio e o fecha. — Veja.

O primeiro raio de sol surge no horizonte, e Peter Pan suspira.

Já vi centenas de nasceres do sol. Eles são todos incríveis, admito, porque cada um é diferente.

Mas não me importo com este.

Em vez de contemplar o sol nascente, contemplo Peter Pan.

As linhas finas ao redor de seus olhos se contraem enquanto ele aperta os olhos. Seus lábios se entreabrem e ficam úmidos, e, então, uma pequena ruga aparece entre suas sobrancelhas enquanto ele respira fundo.

Os olhos dele estão cintilando.

— É lindo — Pan sussurra.

— É, sim — concordo.

Ele se vira para mim e seu olhar recai em minha boca.

— Senti sua falta — ele admite.

— Mais que do sol? — eu contra-ataco.

Pan ri, pega a minha mão e a beija suavemente.

— Senti falta da luz e do calor, mas ambos são pálidos em comparação a você, Darling.

— Agora que recuperou sua sombra, você é um romântico? — eu o provoco, mas ouvir a seriedade em sua voz me dá um friozinho na barriga.

Não é possível domar um homem como Peter Pan e, ainda assim, sinto como se tivesse recebido uma parte dele que ninguém mais recebeu e que pode ser a dádiva mais rara que já possuí quando sempre tive tão pouco.

— Romântico — ele diz com deboche. — De dia, vou te tratar como uma rainha, mas, à noite, como uma vadia.

O calor sobe às minhas bochechas.

— Hum, não é má ideia.

— Ah, não?

— Nem um pouquinho.

Seu olhar está faminto, seu toque na minha pele é mais exigente, e não consigo conter a excitação, porque com ele estou sempre excitada.

E duplamente, agora, ao que tudo indica. Porque posso sentir seu desejo crescente. Não é só a energia vibrando no ar, mas, não sei como, penetrando em minhas entranhas, correndo pelo meu peito e entre minhas pernas.

— Sei que você está curtindo seu primeiro nascer do sol em, tipo, milênios, mas o que acha de voltar para o escuro só um pouquinho?

Com um suspiro, suas narinas se dilatam e, então, ele é como uma onda se quebrando sobre mim, sua boca na minha. Seu beijo é devorador, e sua língua, insaciável, saboreando-me por inteiro.

— Ter você sem minha sombra foi um deleite divino — ele diz contra minha boca e me beija novamente, mordiscando meu lábio inferior. — Ter você com minha sombra pode muito bem acabar comigo. — Peter me empurra para a areia e cobre meu corpo com o seu. Ele fica duro em um instante, esfregando-se contra mim, e me dou conta de que estou aliviada por ele ainda me querer, embora não precise mais de uma Darling para salvá-lo.

Arranco sua camisa e ele arranca meu vestido. Deixo minhas mãos acariciarem cada músculo firme de seu corpo. Ele é feito de pedra, sua pele é quente como o sol que nos aquece.

— Eu quero foder você enquanto o sol nasce — ele diz.

— Então está esperando o quê? — pergunto, já sem fôlego.

Pan desabotoa a calça e eu imediatamente sinto a cabeça do seu pau quente abrindo minha racha.

Borboletas fazem firulas em meu estômago enquanto nosso beijo se aprofunda e ele me penetra.

Eu perco o ar.

— Já tão molhadinha para mim, Darling — ele geme, parecendo impressionado.

Pan dá outra estocada e acelera o ritmo, comendo-me com vontade na areia, a pica grossa dentro de mim, e então...

Para e sai de dentro mim, deixando-me instantaneamente gelada e oca.

— O que foi? — eu pergunto.

Ele me abraça e me levanta no ar.

— Oh, meu Deus! Pan! — Agarro-me ao seu pescoço enquanto ele voa de volta para casa e nos leva para a cozinha.

Irrompemos portas adentro. Pan me joga contra a parede mais próxima e me levanta, ajeitando minhas pernas em volta de seus quadris. Ele me come contra a parede, grunhindo para mim em cada estocada. Então, leva-nos para a sala ao lado, esbarra na mesa e emborca um vaso. A água escorre pela borda.

Sua boca devora a minha novamente, e nossas línguas deslizam uma sobre a outra. Calor, fome e destruição em um longo suspiro.

A seguir, esbarramos na mesa de centro, giramos no último segundo e pousamos no chão, ele de costas e eu empalada na sua vara.

E só então olhamos para cima e damos de cara com Vane sentado em uma das cadeiras de couro, um livro aberto no colo, um copo de algo escuro na mão.

Remexo meus quadris como se quisesse sair de Pan, mas ele me agarra pela cintura e me mantém sentada no seu pau.

— Ah-ah — ele avisa.

Os olhos de Vane ficam subitamente pretos.

— Está se divertindo, não é, Darling? — Vane pergunta, com uma ponta de sarcasmo na voz.

— Eu me divertiria mais se você se juntasse a nós.

Pan me levanta apenas alguns centímetros em sua rola e me soca de volta para baixo, provocando um grito na minha garganta.

Vane se senta na beira do assento.

— Por que você não estava na tumba?

— Vane — Pan se queixa, a cabeçorra da sua pica inchando dentro de mim. — Eu tô enterrado na Darling. Temos mesmo que fazer isso agora?

— Responda à pergunta, Winnie Darling — Vane pressiona.

— Não consigo me lembrar — digo.

Vane se levanta, pega-me pela garganta e arranca-me de Pan, que rosna sua frustração.

— Por que desobedeceu à minha ordem? — A sombra de Vane ressoa no fundo de sua garganta.

Agarro seu punho, tentando obter alguma vantagem, mas estou na ponta dos pés e completamente nua. Não tenho muito com o que brincar aqui.

Quando Vane pousa os olhos escuros em mim, fico tensa, pronta para o terror, o desconforto, a náusea que me invade as entranhas.

Mas não sinto nada.

E Vane me encara com suspeita.

— Você está sangrando? — ele pergunta, medindo-me de cima a baixo.

— Não.

— Então como está resistindo ao terror?

— Talvez ela tenha aprendido a ignorar suas patifarias — diz Pan atrás de mim.

— Ninguém aprende a *resistir* a mim.

Pan encosta o peito em minhas costas e lentamente me afasta de Vane, substituindo a mão dele pela sua, seus longos dedos em volta do meu pescoço.

— Faça-me um favor e olhe para ela — diz Pan, a outra mão massageando meu seio, brincando com meu mamilo.

Eu sibilo e aperto minhas coxas uma na outra, enquanto meu grelo arde de tesão.

— Olhe só para a Darling, peladinha e prontinha para nós. — Ele larga meu seio e desliza a mão pelo meu ventre, até meu clitóris, apertando ainda mais minha garganta conforme eu me remexo. Quando Pan enfia os dedos em mim, todos podemos ouvir a prova da minha excitação.

— Essa boceta molhada está implorando para ser comida.

As narinas de Vane se dilatam, e ele se aproxima. Seus olhos ainda estão pretos, mas percebo o interesse em seu corpo. Posso ver a rigidez despontando em suas calças.

— Mete seu pau dentro dela — Pan continua, arrastando a ponta do nariz pela lateral do meu pescoço, para que suas próximas palavras sejam um hálito quente na carne sensível da minha orelha. — E, quando ela gritar seu nome, vou socar meu pau na sua garganta para lhe calar a boca.

Um desejo sombrio consome minhas entranhas. Meu clitóris está desesperado e inchado agora, mas Pan colocou a palma da mão sobre mim, prendendo-me contra ele.

— Ela é nossa puta, Vane. Vamos usar e abusar dela. Você e eu.

Ai, caramba, como eu quero esses dois.

Quero ser tragada pela violência e pelo pecado.

Minhas paredes internas se apertam com o pensamento, e eu fico na ponta dos pés para roubar qualquer movimento que puder esfregando minha boceta contra a mão de Pan.

— Darling, sua safadinha — ele sussurra em meu ouvido, e, de repente, fico inconsciente sob seu comando.

— Por favor, Pan — suplico, fechando os olhos.

— Por favor, o quê, Darling?

— Eu… eu quero…

Ele afunda dois dedos dentro de mim e provoca meu clitóris com o polegar.

Eu gemo, inclinando-me sobre ele.

Quando ele traz os dedos molhados até minha boca e me cobre com meus próprios sucos, o cabelo de Vane fica branco.

— O que me diz, Sombrio? — Pan pergunta. — Vamos dar o trato que a nossa vagabunda merece.

Vane se despe em um segundo e, no seguinte, está me arrancando dos braços de Pan.

Ele me gira, passa um braço em volta da minha cintura e depois nos senta em uma das poltronas de couro, de modo que ambos fiquemos de frente para Pan.

Há uma fome sinistra no rosto de Peter Pan quando Vane enganha minhas pernas sobre seus joelhos e me arreganha para o rei, bem quando enterra o pauzão grosso dentro de mim.

5

PETER PAN

Assistir à Darling trepando é meu novo passatempo favorito.

Ela abre a boca quando Vane soca com tudo e a preenche de rola, com as bolas confortavelmente aconchegadas contra sua bocetinha.

Caralho, ela é uma delícia.

Minha sombra se agita em meu esterno, e pulso de poder. A sensação de que eu posso fazer o que quiser do jeito que quiser quando bem entender e nada nem ninguém pode me deter está me consumindo.

Deixo-me cair no sofá e pego meu pau, relaxando em meu próprio prazer, enquanto os observo desfrutando do seu.

Eles são duas das pessoas mais importantes desta ilha, e preciso saber que Vane aguenta lidar com Winnie.

Preciso saber que posso ter os dois em minha vida sem me preocupar com a possibilidade de um matar o outro.

O fato de a Darling conseguir ignorar o terror da Sombra da Morte é um bom sinal.

O melhor resultado.

A Darling geme enquanto Vane dá uma surra em sua boceta, metendo a pica grossa na safadinha, que está encharcada de prazer. Ele a agarra pela bunda com tanta força que seus dedos estão quase perfurando a carne dela.

Ela está bem arreganhada para mim, para que eu possa assistir.

Ele sabe do que eu gosto.

A Darling cavalgando no pau de Vane rivaliza em beleza com a arte renascentista.

Meu pênis lateja na minha mão, pré-sêmen brilhando na fenda.

A pressão aumenta em minha cabeça, quase me deixando louco de vontade de gozar.

— Ai, caralho, Vane — ela geme, com a voz estridente e fina.

Atravesso a sala. Vane enrola uma mecha de cabelo da Darling no punho e puxa a cabeça dela para trás.

— Abra a boquinha, Win. Hora de receber o rei na sua garganta.

Ela abre os lábios para mim, faminta.

Eu enfio tudo dentro de sua boca molhada. Suas bochechas quase formam um vácuo ao meu redor.

— Puta que pariu, Darling!

Vane puxa os cabelos de Winnie com mais força e os usa para controlar o vaivém dela em mim, enquanto ela apoia as mãos nas coxas dele.

A Darling se engasga.

Eu continuo.

Ela geme ao me chupar e desliza os dedos para o clitóris.

Vane solta os cabelos dela para capturar os punhos atrás das costas.

Ela faz uma careta adorável enquanto gorgoleja no meu pau.

— Não é a sua vez, Darling — eu lhe digo quando o tesão chega ao auge. — Você só pode gozar quando lhe dermos permissão.

O que não demorará muito.

Eu não vou aguentar muito mais.

Nem quero.

A força em minhas vísceras e a pressão em meu pau são demais para suportar.

Soco mais fundo e gozo na garganta da Darling com um gemido alto.

Lágrimas escorrem por suas pálpebras enquanto ela olha para mim.

Outro jorro, e meu pau lateja sobre a língua dela.

Minha sombra se revira sob minha pele, satisfeita e exausta.

Quando saio de sua boca, levanto seu queixo.

— Deixe-me ver, Darling.

Ela mostra a língua. Há apenas um leve brilho de esperma ali. Ela engoliu o resto.

— Boa menina.

— Eu sei o que estou fazendo — diz ela enquanto as lágrimas escorrem pelo seu rosto. Limpo uma delas e me deito no chão.

— Agora seja boazinha e venha sentar na minha cara.

6

WINNIE

VANE ME DESENCAIXA DE SUA ROLA E FICA DE PÉ, GUIANDO--me até Peter Pan.

— De joelhos, Win — ordena Vane.

Posiciono um joelho de cada lado da cabeça de Pan e não posso deixar de me retesar, sentindo-o abaixo de minha área mais sensível.

Vane coloca-se na minha frente. Ele vai fazer o esperma de Pan me descer goela abaixo com sua própria porra.

— Abre, Darling — diz ele, repetindo as mesmas palavras que usou há não muito tempo, quando cuspiu na minha boca e me disse que aquilo seria tudo o que eu conseguiria dele.

Olhe só para nós agora.

Obedientemente, abro e boto a língua para fora, e ele desliza seu pau dentro de mim, deixando-me com a boca cheia.

É muito mais difícil acomodá-lo do que Pan, mas faço o meu melhor.

É mais fácil quando tenho Pan embaixo de mim, chupando minha boceta e sacudindo tudo dentro de mim.

Vane fode minha boca enquanto Pan come minha boceta.

Estou tão molhada que me choca não estar afogando o Rei do Nunca.

Não paro de gemer enquanto faço o boquete em Vane e ele respira fundo e guturalmente.

Pan lambe meu clitóris e eu vibro, elétrica, pronta para pegar fogo.

— O que quer que esteja fazendo — diz Vane —, continue fazendo. Ela está cantarolando no meu pau como uma boa garotinha.

Pan passa os braços em volta das minhas coxas e me esparrama ainda mais em sua cara.

O gemido que eu solto praticamente vibra ao longo do pênis de Vane.

— Isso, assim, Win. — Ele segura meus cabelos para trás. — Não pare.

Giro a língua em torno de sua pica e, logo em seguida, começo a esfregá-la com as mãos, bem quando Pan suga meu grelo novamente.

O orgasmo me pega de surpresa. Num minuto o prazer está zumbindo na minha boceta e, logo depois, explode dentro de mim.

Eu estremeço. Vane mete mais forte.

O prazer reverbera em todo meu ser e grito alto até que Vane soca tão fundo que me engasgo. Tento me afastar, respirar, mas ele está no controle e não me dá nem uma brecha.

Ele dá outra estocada na minha boca, depois outra e mais outra, e, enfim, explode na minha garganta.

Eu me contorço sobre a boca de Pan enquanto ele me chupa sem trégua. O orgasmo é tão intenso que sinto como se estivesse voando.

Vane faz uma pausa e inspira profundamente. Em seguida, derrama outro jato na minha língua.

Pan segura forte minhas coxas, forçando-me a ficar em cima dele até que arranque a última gota de prazer de mim.

— Puta que pariu — Vane diz ofegante. Seu peito arfa, e seu abdome está contraído, aprofundando as linhas rijas de sua musculatura.

Há apenas um leve indício de suor em seu corpo, e é tão excitante ver o Sombrio desalinhado e sem fôlego por minha causa.

Ainda me segurando pelos cabelos, ele me puxa de seu pau e, com a cabeçorra, espalha a última gota de porra nos meus lábios.

— Olhe para mim — ordena. E arrasta o polegar sobre o esperma e depois empurra de volta para minha boca. — Limpe o resto.

Quando faço isso, ele suspira satisfeito, os olhos negros brilhando.

— Nossa querida Darling, nossa putinha querida — diz Pan ao sair de debaixo de mim. — Tá com a barriga cheia da nossa porra. — Ele me abraça pela cintura, a mão logo acima do meu umbigo. — Do jeitinho que gostamos de você. — Inclinando-se sobre mim, Peter dá um beijo suave na curva da minha garganta, e não consigo conter o riso diante tanto da dureza quanto da suavidade desses homens e da cosquinha que o hálito carinhoso de Pan faz contra a minha pele quente.

Sinto uma onda de calor invadindo meu peito agora, e não é por ter sido fodida do jeito que eu gosto.

É outra coisa.

Algo mais profundo.

Esses homens são meus e eu sou deles e...

Meu estômago se revira. Eu tapo minha boca com a mão.

— Win? — A testa de Vane crispa de preocupação. — O que foi?

Pan se aproxima e fica ao lado dele.

— Darling?

— Eu não... Eu me sinto um pouco tonta...

— Merda — Vane pragueja e olha feio para Pan. — Nós exageramos. Eu disse que tínhamos de pegar leve e...

— Ela está bem — atalha Pan. — Só precisa comer alguma coisa. Bash!

— Espere — digo enquanto o loft gira e estendo a mão para me segurar a um deles.

Vane me ampara em um instante.

— Está com alguma dor?

Estou prestes a dizer que não, que é só uma pequena náusea, quando uma dor lancinante irradia em minha testa. Eu resmungo e me afundo nos braços de Vane.

— Algo está errado — ele diz em um grunhido.

— Estou vendo — Pan rebate.

— Só... eu... posso...

— Talvez ela precise de ar — sugere Vane.

— Acho que vou...

Tudo fica embaçado. Os meninos não passam de sombras borradas, e há um zumbido na minha cabeça que não existia antes e um sussurro nos recantos mais obscuros da minha mente.

Deixe-me entrar.

Deixe-me entrar.

E, então, tudo fica escuro.

7

PETER PAN

A Darling desmaia, e Vane a pega no colo facilmente, embalando-a contra seu peito.

Eu cutuco o queixo dela e a chamo pelo nome, mas ela está inconsciente.

— Algo está errado — Vane me diz, com os olhos negros e a voz retumbante.

— Estou vendo, caralho!

— Cadê a Cherry, porra? Aconteceu alguma coisa aqui enquanto estávamos na casa do Gancho.

— Dê ela para mim.

A carranca de Vane se aprofunda.

— Cai fora. — Ele vira o corpo, mantendo a Darling longe de mim.

— Agora você deu para ser um canalha possessivo? Não faz muito tempo, era você quem a estava mandando cair fora.

— Um homem não pode mudar de ideia?

A risada dos gêmeos invade o loft quando eles entram pela cozinha. Estão contando uma história sobre a avó e sua receita de xarope de amoras silvestres.

— Rapazes — eu chamo.

Eles se deparam conosco, os três ainda nus.

Bash fica boquiaberto.

— Você deu uma puta festa e nem esperou a gente voltar?

Kas aproxima-se da Darling, ainda aninhada nos braços de Vane, e afasta-lhe os cabelos úmidos dos olhos.

— O que há de errado com ela?

— Não sabemos — diz Vane. — Ela simplesmente desmaiou.

— Coloque-a no sofá — ordena Kas.

Normalmente não seguimos as ordens de príncipes banidos, mas Kas entende um pouco de enfermidades mortais, coisas que aprendeu com a avó.

Vane leva a Darling até o sofá e a acomoda gentilmente no canto. Kas pega um dos travesseiros e o coloca sob os joelhos dela, depois pega um segundo e coloca sob os pés, erguendo-lhe as pernas.

A seguir, encosta a orelha no peito dela.

Mesmo de longe, posso ouvir as batidas regulares do coração de Winnie.

Sua respiração também está normal.

Na verdade, tudo o que posso ouvir, sentir e ver dela me diz que ela está bem.

— Ela está doente? — Bash pergunta e se senta na beirada da mesa baixa no centro da sala.

— Ninguém fica doente na Terra do Nunca. — Eu me agacho ao lado da Darling e examino seu rosto.

— Tecnicamente, a Darling não é da Terra do Nunca — ressalta Bash. Ele tem consigo um punhado de amoras silvestres recém-colhidas e coloca uma na boca. — Talvez fosse melhor levá-la para seu reino mortal.

Sento-me ao lado dele na mesa e roubo uma das frutas de sua mão.

— Ela não vai sair da minha vista.

— Então o que você quer fazer?

Quanto mais tempo a Darling fica inconsciente, pior me sinto. Eu poderia fingir que trepamos até fazer nossa frágil menina Darling desmaiar. Mas ela não acorda.

Que porra está acontecendo?

Ouço um estalinho de unhas no chão de madeira e, um segundo depois, o lobo está de volta. Ele me encara como se me desse uma bronca, *Eu juro por tudo o que há de mais sagrado que...*

— Não me enche — digo ao animal.

A fera se afasta de mim e pula no sofá, aninhando-se ao lado da Darling.

— Pan — Vane insiste.

— Sim, eu sei. — Passo a mão pelos cabelos, considerando minhas opções com o coração pesado. Era uma vez, antes de perder minha sombra, que eu podia alterar simplesmente tudo na Terra do Nunca. Podia conjurar coisas do nada.

Mas curar alguém? É muito mais complicado, muito menos confiável e nunca vale o risco.

Meu estômago revira enquanto os segundos passam e a Darling não acorda.

Eu poderia tentar curá-la se soubesse o que diabos há de errado com ela, mas não sinto nada, e esse é o problema.

Na verdade... há uma estranha quietude nela. Mesmo antes de recuperar minha sombra, eu podia sentir a vibração de sua proximidade, o calor de sua presença.

Mas, agora, a Darling está quieta.

Odeio o desespero.

Odeio ainda mais ter que pedir ajuda.

Não vou, porém, sentar minha bunda e torcer para tudo dar certo.

Não quando a Darling está em jogo. Olho para Vane:

— Vá buscar Smee. Depressa!

Ele não discute. Não hesita. Em segundos, está vestido e partindo.

Não dá para ignorar as batidas aceleradas de seu coração.

Vane está tão aflito quanto eu.

8

BASH

Enquanto aguardamos o Sombrio voltar com a pirata, Peter Pan anda de um lado para outro no loft e eu me ocupo na cozinha, mesmo que o nosso café da manhã em família — uma família disfuncional, mas, ainda assim, família — provavelmente não role.

Manter minhas mãos ocupadas é a distração de que preciso. Sempre adorei ficar na cozinha. Acho que é o único traço que herdei de minha mãe, embora, no caso dela, ficar na cozinha fosse uma obrigação, não uma devoção.

Quando ela nos dava sermões sobre nosso papel e nossos deveres como príncipes da corte dos fae, fazia questão de nos lembrar de onde ela viera e dos sacrifícios que fizera para chegar onde estava.

E, quando me encontrava na cozinha ajudando a equipe a medir, servir e mexer panelas para o próximo jantar, ela quase tinha uma síncope.

Por mais que houvesse sangue fae comum correndo em suas veias, nossa mãe queria fingir que trabalhos manuais eram algo inferior a nós.

Nani fora rainha muito antes de Tinker Bell e dedicou-se a trabalhos manuais até o dia em que morreu.

— Está preocupado com a Darling? — Kas me pergunta ao sentar-se no balcão atrás de mim.

Retiro a farinha da vasilha.

— Na verdade, não. Acho que, se algo estivesse realmente errado, Pan ou Vane saberiam.

— Acha que a estamos maltratando? — ele pergunta em seguida.

— Ah, definitivamente.

— Somos um bando de babacas depravados — ele bufa. — Ela provavelmente estaria melhor longe de nós.

Observo meu irmão gêmeo. Ele ainda está sem camisa. Geralmente estamos. Algo no sol e na brisa do oceano da Terra do Nunca beijando sua pele nua faz qualquer um odiar roupas bem rápido.

Além do mais, sou mais bonito sem camisa.

— Fale por você — digo a Kas. — Acho que ela está melhor perto de mim.

Ele bufa novamente e revira os olhos, então joga uma amora silvestre no ar e a captura com a boca aberta um segundo depois.

— Você chegou a pensar mais a respeito do que faremos se recuperarmos o trono?

Quebro um ovo e separo as claras, usando a própria casca.

— As fadas sempre esperaram que a linhagem real residisse na corte, se casasse e trepasse duro para produzir um herdeiro.

— Pois é.

— Na verdade, estou surpreso que nossa querida irmã ainda não tenha se casado.

— Ela sempre fez tudo do jeito dela.

O que me faz ponderar o que Tilly quer com tudo isso. Ela faz o que acha que se espera dela e, ainda assim, está se esquivando de todos os papéis tradicionais de rainha.

Com os ingredientes na tigela de barro, pego uma das colheres de pau da gaveta e começo a misturar.

— Consegue imaginar nós quatro vivendo no palácio das fadas com a Darling como nossa rainha?

Kas e eu nos entreolhamos.

É uma ideia ridícula, diz meu irmão em nossa língua.

— Nem pensem nisso — Pan diz da porta. Ele segura um copo de bebida e vira-o de um trago. — Mas… — acrescenta e respira, apreciando a quentura da bebida. — Sei que isso aqui não é um palácio real. — Seu olhar fica distante. — Poderíamos construir uma casa nova para ela. Um castelo digno de uma rainha.

— Três Reis e um Sombrio? — Kas diz atrás de mim. Todos nós percebemos o sarcasmo em sua voz.

Essa, sim, é uma ideia ridícula, digo a ele.

Pan se apoia no batente da porta, contemplando a Darling ainda no sofá da sala ao lado.

— Sempre sonhei com uma Terra do Nunca unificada. — Ele olha para o copo vazio em sua mão e vira-o para um lado e para o outro, captando a luz do sol. — É uma ideia ridícula? — Quando levanta o olhar novamente, seus olhos azuis estão pousados em nós.

Pan entendeu nossa língua dessa vez.

Será que sempre entendeu?

Ou é por causa do retorno de sua sombra?

— Nada de brigas e intrigas entre nós? — Kas diz. — Parece mesmo um sonho.

— Um sonho da Terra do Nunca — Pan assente. — Um do qual eu nunca desejo acordar.

Só então a porta da frente se abre, rangendo nas dobradiças quebradas.

Deixo a massa de panqueca para trás, e meu irmão gêmeo me segue enquanto vou atrás de Pan até o loft.

Vane e Smee sobem as escadas.

— Estou chocado que ele tenha te convencido a vir aqui, Smee — digo.

Ela veste uma camisa translúcida sem mangas com vários botões desabotoados na gola, expondo o estranho emblema que tem tatuado no peito. Suas tranças rastafári estão amarradas no alto da cabeça e presas com uma tira de pano alaranjada.

Smee me ignora, dá a volta no sofá e se ajoelha ao lado da nossa Darling. Balder abre os olhos para ela, mas claramente não a vê como uma ameaça. Na verdade, até abana o rabo, como se estivesse feliz em vê-la.

— Há quanto tempo ela está inconsciente? — Smee pergunta.

— Cerca de meia hora — Pan responde.

Smee abre uma das pálpebras da Darling e verifica suas pupilas. Em seguida, passa os dedos pelo pescoço dela e, depois, pelos ombros.

— O que vocês estavam fazendo? — ela pergunta, enquanto continua seu exame.

A Darling ainda está nua, mas Pan a cobriu com um cobertor. Ele está vestido novamente.

— Isso é relevante? — Vane pergunta.

Smee olha de relance para ele, que está atrás do sofá, bicudo e de braços cruzados.

Não sei se ele era mais babaca quando detestava a Darling ou agora, que está claramente apaixonado por ela.

Smee tira um pequeno frasco do bolso da calça.

— O que é isso? — Pan pergunta.

— Sais aromáticos — responde Smee. — Potentes, seguros e eficazes. Tenho sua permissão para tentar?

Pan inspira fundo e acena com a cabeça.

Smee abre a tampa e coloca o frasco embaixo do nariz da Darling.

9

WINNIE

LEVANTO DE UM PULO, ALGO CORTANTE PREENCHENDO MEUS sentidos. Ao meu lado, o lobo se senta.

— Puta merda — arquejo e, então, respiro fundo. — Mas que raios?

— Eu te falei que estava bem — diz Bash.

Vane se vira e cruza as mãos atrás da cabeça.

Pisco em meio à névoa e olho para a mulher agachada ao meu lado.

— Quem é... — tento perguntar, desconcertada. — Eu te conheço?

Há algo vagamente familiar naquela mulher, como um sonho cujo formato conheço, mas não os detalhes mais sutis.

— Vá pegar algumas roupas para ela — Pan diz a Kas. — Vane, vá buscar água fresca.

— Não vou sair do lado dela — assevera Vane.

— Vou pegar água para ela — diz Bash.

— Vane será mais rápido — diz Pan.

— Você não me dá ordens — rebate Vane.

A mulher se inclina para mim. O cheiro dela lembra óleo de rosas e algo esfumaçado e doce. Ela pega minha mão. Há uma encruzilhada de cicatrizes pálidas nos nós de seus dedos.

Os meninos ainda discutem.

— Está se sentindo melhor? — a mulher pergunta.

— Sim, acho que sim. — Eu ajeito meu cabelo. — Quem é você?

— Samira — ela responde. — Smee — ela acrescenta.

— O braço direito do Capitão Gancho.

Será que eu a vi quando confrontamos Tilly e Gancho na casa do capitão? É por isso que tenho a impressão de que a conheço?

— Por que está aqui? — pergunto a ela.

— Você desmaiou — ela me explica.

— Oh. E você...

— Sei uma coisinha ou outra sobre mulheres mortais e magia nas ilhas.

— Entendi...

— Entendeu mesmo? — Ela franze o cenho profundamente.

— Hummm... acho que sim?

Samira me esquadrinha com o olhar e sinto minhas bochechas ruborizarem. Ela esperava que eu desse a resposta certa, e claramente não dei.

O que eu não sei?

— Todos esses homens tão poderosos... — ela diz quase em um sussurro. — Cegos ao poder que está bem debaixo dos seus narizes.

— Espere, o que você...

Pan me interrompe:

— Ela vai ficar bem?

— Ela está cansada e desnutrida — responde Smee. — Alimentem-na melhor.

Pan olha brevemente para mim antes de se dirigir a Smee.

— Só isso?

— Só. E agora, Cherry? Era esse o acordo.

— Não — diz Vane. — O acordo era que devolveríamos Cherry. Não disse quando.

Smee coloca as mãos nos quadris. Tem uma adaga embainhada em seu lado esquerdo, o punho encapado em couro marrom desgastado. Várias runas estão gravadas no metal da lâmina. Formas e linhas que me lembram as runas cicatrizadas nas minhas costas.

Ela está a apenas alguns centímetros da lâmina e poderia sacá-la facilmente antes que os outros a alcançassem.

— Então quando? — ela pergunta.

— Amanhã — Pan responde.

— Vamos dar uma festa para ela — diz Bash.

— Uma festa de despedida — acrescenta Kas.

— Deixe-me falar com ela — diz Smee.

Todos os quatro encaram Smee, e sinto a guerra de vontades.

Pan finalmente grita:

— Cherry!

Os Garotos Perdidos estão em uma das salas do andar de baixo, gritando e fazendo folia.

— Cherry! — Pan grita novamente.

— Estou indo! — Sua voz sobe até o loft e, em seguida, ouvimos seus passos subindo apressadamente a escadaria principal.

Quando chega ao patamar, ela para.

— Oh, Smee. Oi!

— Eu vim te buscar. Preferiria que você viesse agora, assim como seu irmão.

Cherry cruza os braços e olha para Vane.

— Eu informei Smee que vamos te dar uma festa de despedida — ele diz, fitando-a intensamente.

— Ah, sim. É verdade. — Ela sorri para Smee. — E ainda tenho que terminar de fazer minhas malas. Não falta muito. Só mais algumas coisinhas e amanhã eu vou para...

Todos percebem que ela se interrompe antes de dizer "casa".

Normalmente, não sinto pena das outras pessoas e mal conheço Cherry, mas sei o que é querer ter um lugar ao qual pertencer.

— Jas está animado por ter você de volta — diz Smee.

— Estou animada para voltar — ela responde. — Amanhã logo cedo.

Samira examina o rosto de Cherry por mais um segundo e finalmente acena com a cabeça, dirigindo-se aos meninos.

— Se ela não voltar para o Gancho amanhã, sã e salva, vou arrancar os olhos de todos vocês e comê-los em uma merda de um ensopado. Estamos entendidos?

— Ah, Smee. — Bash ri. — Você sempre foi minha pirata favorita.

Ela responde com um sorriso indecifrável.

— E você meu palerma favorito.

Bash bate palmas de admiração e ri novamente.

— Permita-me acompanhá-la.

Ambos desaparecem pela escadaria principal.

Pan se senta na mesa de centro na minha frente e se inclina.

— Darling? — Ele está me examinando. Há uma sensação gelando em meu estômago, como se eu quisesse me encolher e me esconder, mas não sei por quê.

Nunca mais vou fugir e me esconder de Peter Pan.

— Sim?

— Tem certeza de que está bem?

— Estou bem. Prometo. Só estou cansada, como Smee disse. Muita coisa aconteceu.

Kas está sentado do outro lado do sofá.

— Ela tem razão.

Pan, no entanto, encara-me desconfiado, e Vane paira logo atrás dele, também me encarando com uma atenção penetrante.

— Eu prometo que não foram vocês que me fizeram desmaiar de tanto transar, tá bom? — Dou uma risada para tranquilizá-los.

Então Cherry bufa e sai descendo as escadas com um baque surdo, e o *flash* de uma lembrança passa pela minha cabeça.

Uma lembrança de Cherry e... *algo a mais*.

Tinha um passarinho preso no quarto dela? Não era?

Vane faz menção de ir atrás de Cherry, mas Peter Pan o impede.

— Sombrio, não!

— Ela está escondendo alguma coisa.

— Smee disse que a Darling está bem.

— E você vai acreditar em uma pirata? Que é nossa inimiga?

— Smee não é nossa inimiga — argumenta Pan. — Ela é provavelmente a parte mais neutra desta ilha.

Vane nos dá as costas, exasperado.

— Não vá atrás de Cherry, não encoste em Cherry e, muito menos, não mate Cherry — avisa Pan.

Vane mal escuta o aviso antes de sair resmungando da sala.

— Ele está nervoso — digo a Pan.

— Ele sempre está — Pan brinca. — Mas logo se acalma.

Até eu, porém, consigo perceber a dúvida na voz de Peter Pan.

Na verdade, tenho a nítida impressão de que falta *muito pouco* para Vane perder as estribeiras.

10

ROC

— Caramba, tenho a impressão de que estamos na Idade Média — reclama Holt enquanto caminhamos para o palácio fae. — Sem carros? Nenhum tipo de transporte? Os habitantes da Terra do Nunca andam a pé por toda parte? Bárbaros!

Giselle segura várias camadas do vestido, tentando não arrastar a barra na terra enquanto caminha com as botas de salto alto.

Ao meu lado, Amara ri do irmão e da irmã.

— Eu gostei bastante — diz ela. — A Terra do Nunca é um dos últimos lugares selvagens nas Sete Ilhas. Você não acha? — Ela se vira para mim, e uma mecha de seus cabelos loiros escapa do grampo e cai sobre sua testa. A luz do fim da manhã aquece minha pele e cria uma aura dourada em volta dela.

— Acho que qualquer lugar que continue sendo o que sempre foi, em vez de tentar ser algo que não é, merece elogios.

Juntando as mãos atrás das costas, Amara assente.

— Creio que devo respeitar isso em relação a Peter Pan e sua Terra do Nunca.

Sua Terra do Nunca.

Posso ser imortal, mas nem eu sou tão velho quanto Peter Pan.

Quando eu era apenas um moleque nas montanhas da Terra Soturna, já havia rumores sobre o homem que diziam ser um deus.

O que levanta as questões: Ele pode ser morto? Ele pode morrer? Porque, se não puder, lidar com ele exigirá um altíssimo nível de sutileza e criatividade.

Isso, é claro, se chegarmos a tal ponto em que teremos de lidar com Peter Pan.

O palácio finalmente aparece, e Holt resmunga de alívio.

— Até que enfim.

— Uau — Amara suspira baixinho.

Paramos juntos na trilha para apreciar a vista.

O palácio fae é um dos lugares mais idílicos das ilhas. Várias torres pontilham a paisagem, e a pedra brilha como uma concha de alabastro logo além de um grande portão em arco.

A maioria das pessoas diria que o palácio parece "saído diretamente de um conto de fadas", e não consigo deixar de pensar no mito de João e Maria e na casa da bruxa feita de doces.

Nem sempre o que parece mágico e convidativo é um lugar para o qual você deseja ser convidado.

Quando chegamos ao portão, dois guardas já estão a postos. Suas asas são grossas e de um verde-escuro brilhante, como as algas retiradas do fundo de um pântano. O homem tem chifres que se enrolam na testa.

A mulher tem um olhar arregalado e surpreso, mais conveniente a funerais inesperados e orgias planejadas.

— A rainha nos aguarda. — O sorriso de Giselle é esculpido em impaciência.

— Seu nome? — pergunta o homem.

— Meu nome? — Giselle bufa.

— Fala sério, irmã — intervém Amara. — Você deixaria qualquer um entrar no palácio da Terra Soturna?

Holt zomba de mim.

— Nós o deixamos entrar.

— Elas me deixaram entrar em mais do que apenas o palácio — respondo.

— Meu nome é Giselle Remaldi, Rainha da Terra Soturna, Duquesa de Noir. E, como mencionei, a rainha fae está nos esperando.

Os guardas examinam nosso grupo. Os primos ficaram no convés, então somos apenas Giselle, Holt, Amara e eu. Estamos todos vestindo o preto dos Remaldi.

— Armas devem ser deixadas no portão. — A mulher instrui com certa hesitação em suas exigências. — Podem coletá-las quando saírem.

— Você só pode estar de brincadeira — queixa-se Holt.

— Não acho que seja uma piada, Holt — eu lhe digo.

O príncipe faz uma carranca para mim, o que deixa seus olhos minúsculos e o nariz empinado.

Pergunto-me que cara ele faria se eu lhe cortasse os dedos e os enfiasse na sua bunda.

Retiro uma adaga da bota e outra que está presa ao cinto. Amara segue meu exemplo e tira a espada da cintura.

Giselle lança um olhar cortante para Holt, e ele murmura uma série de palavrões antes de entregar as próprias armas.

Quando os guardas estão satisfeitos, um terceiro homem que estava de prontidão na torre de vigia alça voo, provavelmente indo anunciar nossa chegada.

Não há fadas na Terra Soturna. Nunca houve. Quando, portanto, o fae sai voando, batendo as asas silenciosamente, Giselle e Holt o observam, mal conseguindo conter a admiração.

— Quando entrarmos, deixe que eu falo — diz Holt.

— Você não é a autoridade aqui — Giselle retorque, irritada.

— Você não sabe como lidar com outras mulheres. Fica rude e petulante.

— Não fico, não.

— Ah, isso vai transcorrer às mil maravilhas... — zomba Amara.

Tiro um punhado de amendoins do bolso da calça e quebro um. Amara ri.

— Por que você sempre carrega amendoins?

— Eles ajudam a enganar meu apetite.

Coloco um amendoim na boca e jogo a casca fora.

— E que apetite seria esse? — ela pergunta, cheia de malícia.

— Controle seu fogo, princesa. Ou vai acabar ficando em apuros.

— Suspeito que, no momento que te conheci, Roc, fiquei em apuros.

Quebro outro amendoim.

— Você não está errada.

As grandes portas em arco da entrada do palácio são abertas com fragor.

Jogo fora outra casca e devolvo os amendoins ao bolso, enquanto a rainha fae chega para nos cumprimentar.

Ela está visivelmente tentando rivalizar com Giselle no quesito realeza mais deslumbrante trajando um vestido que abraça suas curvas, mas não esconde a beleza de suas asas. Há uma teia cintilante com uma curva sensual nas asas anteriores e uma curva acentuada nas posteriores.

Ao contrário de Giselle, porém, Tilly escolheu um colar com um único pingente de esmeralda.

Não posso deixar de pensar que foi de propósito. Como se quisesse mostrar que não precisa ostentar joias para provar sua importância.

Sempre tenho muito interesse em observar como mulheres em posições de autoridade se portam, especialmente quando enfrentam oposição.

As mulheres me fascinam. Quase sempre são subestimadas, o que as torna alguns dos oponentes mais letais.

É como encontrar um gato selvagem e achar que vai lhe fazer um carinho na cabeça, só para sair com o braço todo arranhado e mordido.

Assim são as mulheres no poder.

Geralmente.

Às vezes, não passam de fedelhas mimadas.

— Vossa Majestade — Giselle diz e faz uma reverência superficial à rainha fae. — Que bondade a sua nos convidar à sua casa.

— Estou feliz que tenham vindo. — Suas asas ficam imóveis e seus olhos me encontram atrás dos monarcas.

— Crocodilo. — Ela respira fundo e seus seios incham no decote profundo do vestido. — Que bom te ver.

Holt contrai o lábio superior com desprezo.

— Igualmente.

Tilly aguarda, com as mãos cruzadas atrás das costas.

Sei o que está esperando.

Na companhia atual, sou o único que não pertence à realeza aqui.

— Não fique aí parado — diz Holt. — Curve-se à rainha.

A rainha fae arqueia uma sobrancelha.

Sei que todos pensam que se trata de algum tipo de degradação, a realeza colocando o camponês em seu lugar. Mas coloco-me de joelhos sem problema algum.

A rainha fae parece satisfeita, como se, ao me curvar diante dela, eu tivesse feito alguma renúncia. Pessoas como ela não percebem que, ao dar-lhes o que querem, eu recebo algo em troca.

O orgulho é a maior fraqueza de quase todo mundo. Orgulho e sexo. Já vi homens adultos enlouquecerem por causa de uma racha.

Somente duas coisas me fazem perder a cabeça: sangue e amendoim sem casca.

Contente por eu ter cumprido meu dever de ser obediente, a rainha diz:

— Levante-se. — E depois: — Venham comigo.

A rainha nos conduz à sala do trono.

É abobadada e fica parcialmente abaixo do solo. Vinhas espalham-se pelo teto, onde arandelas pendem de correntes de ferro forjado, reluzindo com a magia dos fae.

A Terra do Nunca vibra de magia. Ainda mais que na última vez que visitei a ilha.

Um criado, um Brownie usando botas de couro e um chapéu cuja aba se curva como uma onda do mar, nos serve cálices de vinho.

Holt cheira sua bebida, mas não a sorve. Provavelmente pensa que está envenenada ou é alucinógena. Já ouvi histórias sobre o vinho das fadas, o que nunca me impediu, no entanto, de encher a cara.

Tomo um longo gole para mostrar à rainha fae que confio nela. Se quisesse me envenenar, não sei por que teria se dado ao trabalho de me trazer aqui. Mas, se esse for o plano dela, acho que a respeito por isso.

— Vossa Majestade, Rainha Tilly — eu começo —, você me prometeu segredos. Estamos todos esperando com a respiração suspensa.

— É claro. Mas, primeiro, preciso saber que me ajudará a derrotar Peter Pan.

— Derrotá-lo? — Giselle não se preocupa em esconder sua incredulidade.

— É possível — argumenta a rainha fae.

— Discutível — eu digo, circulando pela sala.

— Peter Pan não tem influência sobre nós — argumenta Holt. — Por que faríamos dele um inimigo?

— Porque Peter Pan defenderá Vane até seu último suspiro. O que significa que, se você quiser sua sombra de volta, terá de lidar com Pan de uma forma ou de outra.

Giselle e Holt ficam sérios. Ambos sabiam que essa era uma possibilidade. Ainda que Vane não fosse leal a Peter Pan, seria difícil imaginar Pan permitindo alguém entrando em sua ilha e começando a tirar o poder dela.

Esvazio minha taça e imediatamente lá está o Brownie servindo-me novamente. Poderia me acostumar com isso.

— E o que você propõe? — Amara pergunta, pairando ao lado da irmã. Talvez por ser a que tem menos chances de governar, às vezes ela tende a cheirar o rabo de Giselle para cair nas suas graças.

A rainha fae pousa o cálice e cruza as mãos na frente do corpo. Percebo que ela não tocou no vinho.

Garota inteligente. É melhor manter a cabeça limpa ao lidar com o Crocodilo.

— Peter Pan tem dois pontos fracos — diz a rainha. — Vane e a Darling.

Paro, um arrepio repentino subindo pela minha espinha.

— Há uma nova Darling na ilha?

A rainha fae me encara como quem tem um segredo.

— A tataraneta de Wendy.

Não sou um homem que vive no passado, mas ouvir o nome de Wendy me faz retroceder anos e anos e anos, e me faz sentir coisas que preferiria não sentir.

Ela está morta agora. Afinal, mortais morrem depressa em solo mortal. Mesmo morta, porém, ela arrepia os cabelos da minha nuca como se fosse um fantasma no meu quarto, exalando em minha pele.

Se sou infinitamente fascinado por mulheres, sou completamente deslumbrado por Wendy Darling.

Ela é a única pessoa que já me venceu em um jogo de xadrez.

No começo, brinquei com ela porque sabia que Peter Pan não faria isso.

Mas, no final, percebi que era ela quem brincava comigo.

Eu quis odiá-la. Ainda mais quando me rejeitou e pediu a Peter Pan que a levasse de volta para sua insuportável terra mortal.

Contudo, acabei aprendendo a respeitá-la pelo feitiço que ela exercia sobre mim.

Não há muitas pessoas que eu permitiria colocar uma coleira em meu pescoço.

Mas Wendy Darling teria sido uma exceção.

— Então, o que você propõe? — Giselle pergunta. — Usar a Darling em um cenário de reféns?

— Ameaçar a vida de Vane? — Holt sugere.

Os dedos frios do pavor cravam-se em meu coração.

Eu não pretendia que esta visita à ilha fosse complicada, mas, se Holt encostar um dedo em meu irmão, juro por Deus, vou decepar a mão dele como fiz com a de Gancho. Mas, ao contrário de Gancho, farei Holt comer a dele. Um dedo por vez.

— Você não conseguirá chegar perto o suficiente de Vane — diz Tilly, e um pouco da tensão se alivia nos meus ombros. — Mas a Darling...

— Qual é o nome dessa? — pergunto, ainda circulando pela sala.

— Winnie.

— Ela é parecida com Wendy?

A rainha dá de ombros.

— Ela é enérgica. Esperta também, eu suspeito. Ajudou Peter Pan a recuperar sua sombra.

— Mas que porra! — esbraveja Holt. — Você podia ter nos contado isso antes de virmos para cá.

Tilly cerra os dentes. Posso ouvir seus molares rangendo do outro lado da sala. Ela respira fundo e então diz:

— Ele acabou de recuperá-la, o que significa que, se quisermos atacá-lo, o momento é agora, enquanto ele ainda está se lembrando de como usar a magia.

Giselle estala a língua.

— Ou podemos simplesmente deixar a Darling de lado e usar nossa arma mais potente. — Seu olhar ganancioso pousa em mim. — Foi por isso que você convocou o Crocodilo, não é mesmo?

Paro quando chego à plataforma em cujo centro fica o trono.

— Roc? — Giselle me chama. — Vamos ouvir sua contribuição para a situação.

Sem convite, subo na plataforma e vou até o trono, que tem o encosto esculpido como raios de sol, com vinhas enroladas em torno deles. Também há insetos, esquilos e outras criaturas da floresta ao redor, e os braços curvados foram moldados para parecerem garras.

Quando vou até a parte de trás, vejo uma familiar insígnia gravada no metal: asas com um círculo no centro.

Os Criadores de Mitos.

Existem várias sociedades nas Sete Ilhas que são mais antigas que as próprias cidades e aldeias.

Os Criadores de Mitos.

A Mão da Morte.

A Antiga Ordem das Sombras.

E a minha favorita, à qual pertenço: A Sociedade dos Ossos.

Eu me pergunto se a rainha fae sabe que seu trono provavelmente está imbuído da suposta magia sombria exercida pela sociedade secreta.

Eu poderia contar a ela.

Mas provavelmente não contarei.

— Qual é o segredo? — pergunto e desço da plataforma. — Você me prometeu.

A rainha junta as mãos atrás das costas.

— Como você sabe, posso entrar na maioria das mentes mortais sem muito esforço, e, até recentemente, Peter Pan me encarregou de usar meu poder para vasculhar a mente das Darling para encontrar a localização de sua sombra.

— Sim, sim. Já sabemos disso. — Tiro um amendoim e o quebro entre os dedos. — Por favor, prossiga.

A rainha estreita os olhos para mim. Acho que estou desafiando sua autoridade com meu tom. Às vezes me esqueço de fingir que sou submisso.

— Entrar na mente das Darling rendeu frutos — diz ela. — Segredos de Peter Pan.

— Prossiga — diz Giselle.

Coloco um amendoim na boca.

As asas de Tilly mudam de verde para um tom de turquesa, e sinto que o que ela está prestes a revelar a excita mais do que deveria.

É melhor que isso valha a pena, ou vou literalmente comer a rainha fae por desperdiçar meu tempo. Tilly respira fundo e diz:

— Peter Pan nunca devolveu Wendy ao reino mortal.

Engulo o amendoim e olho para a rainha fae, procurando algum sinal de tramoia em seu rosto.

E, então, as peças de xadrez começam a se mover em minha cabeça.

— Se Wendy nunca foi devolvida, como a linhagem das Darling continuou?

As asas da rainha balançam para a frente e para trás.

— É aí que fica interessante.

Tiro o pó da casca de amendoim das mãos.

— Mostre-me.

— Como assim?

— Se você é capaz de invadir mentes, pode me mostrar a memória. Não negue.

Por essa Tilly não esperava. Seus lábios vermelhos rubi se estreitam em uma linha fina de frustração.

Vou até ela. A rainha recua.

— Mostre-me.

— Não posso...

— Você quer a ilha, não quer? Foi por isso que me chamou aqui. Você precisa da minha ajuda. E, se quiser minha ajuda, me dê uma prova. — Estendo a mão e ela tenta se desviar de mim, mas meus dedos já circundam seu punho, e eu a puxo para mais perto. — Mostre-me, fadinha.

Ela bufa, zangada. Os fae têm uma expectativa de vida longa. Não tenho certeza da idade de Tilly, mas garanto que ela não é tão velha quanto eu.

— Está bem — ela cede. Então, a sala do trono desaparece e, de repente, sou Wendy e estou sendo arrancada das mãos de Peter Pan.

— Não me deixe aqui — Wendy grita. — Pan! Não... por favor...

Peter Pan saca uma adaga e corta a garganta de um guarda. Sangue começa a jorrar. Na sequência, esfaqueia outro.

— Peguem-no! — alguém grita.

Pan recua. Estou cada vez mais longe, estendendo o braço e sentindo o pânico batendo no meu peito.

— Vá buscar o Roc! — ela grita. — Por favor, chame o Roc e volte para me buscar!

Quando a memória se dissipa, tenho lágrimas nos olhos. Não são exatamente minhas as lágrimas. Ou talvez sejam.

Ainda posso sentir o pânico de Wendy batendo no meu peito.

Ele a abandonou.

O filho da puta a abandonou.

E não me contou, mesmo com Wendy implorando.

A menos que…

Pisco de volta à realidade e procuro o rosto da rainha.

Será que ela poderia fabricar memórias falsas? Suponho que eu não deva ignorar isso.

— Diga-me como a linhagem das Darling continuou.

— Wendy disse a Peter Pan que já tinha um filho — explica Tilly. — Então, ele não pensou duas vezes antes de deixá-la.

— Isso eu vi — digo por entre os dentes cerrados.

— Wendy estava mentindo, é claro. Ela disse que já tinha um filho porque queria ficar nas ilhas com você. — Tilly bate no próprio peito. — Senti esse desejo dela bem aqui. Um peso que ainda tenho dificuldade de esquecer.

— Então por que ela me rejeitou? — eu desafio.

— Por causa do que você fez com o Capitão Gancho.

— Isso não era da conta dela.

— Ah, não?

— Ele fez por merecer.

Tilly inclina a cabeça.

— Ah, fez?

— Deixe de gracinhas, rainha. Como a linhagem continuou se Wendy nunca mais voltou?

— Porque, quando Wendy Darling deixou a Terra do Nunca, ela estava grávida.

Posso ouvir todas as palavras que a rainha fae não está dizendo.

Ela saiu grávida. Não chegou grávida. E o tipo de criatura que eu sou... não se procria tão facilmente.

O que significa...

O calor sobe pela minha garganta e, pela primeira vez em muito tempo, a mudança ameaça me dominar fora dos segundos, dos minutos e das horas.

Não sei como consigo me manter sob controle.

Devo fazer um adendo em minha lista. Somente *três* coisas me fazem perder a cabeça.

Sangue, amendoins sem casca e vingança.

11

CHERRY

ABRO UMA GARRAFA DE VINHO E VIRO GOELA ABAIXO.

Quando o álcool se instala no meu estômago, balanço um pouco na beira da cama e olho ao redor do meu quarto.

Eu deveria ir embora.

Nada de me preocupar em fazer as malas. Basta sair por uma porta lateral e atravessar a floresta até encontrar um navio em que possa embarcar furtivamente no Porto Darlington.

O buraco em meu estômago fica mais pesado a cada segundo.

— Cherry?

— Ahhh! — Estremeço. A cama range e eu seguro a garrafa de vinho como se fosse uma arma.

Bash me encara, intrigado, pela porta aberta.

— Você está bem?

Eles vão descobrir. Se Winnie ainda não contou... eles vão descobrir e, então, vão fazer coisas muito ruins comigo.

Não há ninguém a quem eu possa recorrer.

Nunca tive ninguém, mas isso está me afetando especialmente agora, a grandiosidade da minha solidão.

— Estou bem — respondo. — O que foi?

Já se passaram horas desde que Smee foi embora. Bash tomou banho, tem os cabelos molhados e penteados para trás, exceto por alguns fios caindo na testa. Está sem camisa porque sempre está. Às vezes, eu me pegava admirando seu abdome e as tatuagens que cobrem seu torso.

Posso ter sido apaixonada por Vane durante todos esses anos, mas sempre me senti mais segura com os gêmeos.

Não, não é bem assim. Não creio que exista o conceito de seguro na Terra do Nunca.

Mas os gêmeos fizeram eu me sentir menos sozinha.

Mal consigo olhar Bash nos olhos agora.

— Vamos dar uma festa de despedida para você — diz ele. — Vou te preparar um prato especial. O que você quiser. O que será?

Preciso ir embora. Tomo outro gole do vinho.

— Tenho todos os ingredientes para biscoitos de lavanda, aqueles com um toque de limão de que você gosta. — Ele inclina a cabeça e examina meu rosto. — Ou tortinhas de madressilva.

Tomo outro gole e estremeço.

— Cherry?

— Tortinhas de madressilva.

Estou praticamente convulsionando. Quero vomitar.

— Tem certeza de que está bem? — Bash entra mais no quarto.

— Claro.

— Sabe, pode ser melhor para você retornar ao território de Gancho.

— Você tá tirando com a minha cara?

— Cherry, ouça... — Bash inclina a cabeça.

— Meu irmão nunca me quis por perto, para começo de história. Sabia que, quando ele foi embora da Inglaterra, eu me escondi em seu navio porque não suportava a ideia de ficar com nosso pai? Ele espancava Jas dia sim e outro também e, às vezes, quando estava com muita raiva, me batia também. Só que Jas era mais um que não queria saber de mim. Quando vocês raptaram Smee, ele veio me convencer de que era "honorável fazer um grande sacrifício pela família". Ele me disse que a troca seria apenas temporária. Algumas semanas, no máximo. Com o passar das semanas, percebi que ele não voltaria para me buscar, então decidi tirar o melhor da situação, e, agora, olhe só no que deu.

Passo a mão no nariz molhado.

— Fiz daqui a minha casa porque era a única opção que eu tinha.

Lágrimas brotam dos meus olhos. Não queria admitir tudo isso. Às vezes, minha boca é mais rápida que meu cérebro.

Será que eles não enxergam que não me deixaram escolha? Winnie mudou tudo. Eles só estão se livrando de mim por causa dela.

Eu fungo, e uma lágrima escorre pelo meu rosto.

Bash suspira e se senta ao meu lado na cama. Nossos joelhos se encostam, e eu me lembro da primeira noite em que decidi tocar o foda-se e tomei um porre de vinho de fada e fiquei aos amassos com Bash pelo resto da noite.

Ele não transou comigo, embora pudesse.

Eu teria deixado.

Houve noites depois em que ele vinha ao meu quarto, subia na minha cama e criava uma ilusão que me lembrava dos pomares de macieiras não muito longe de onde cresci. Cada vez que ele conjurava a magia, a ilusão ficava mais precisa, até se tornar tão real que me levava aos prantos, e Bash então me abraçava, fazia carinho nos meus cabelos e me deixava chorar.

Kas pode até ser o coração mole, mas foi Bash quem se deu ao trabalho de fazer eu me sentir melhor.

Mais lágrimas escorrem e, quando respiro fundo, sinto o aroma delicado de maçãs.

Quando olho para cima, a sombra de uma macieira se projeta na parede, e pétalas cor-de-rosa brilhantes caem do teto.

As lágrimas escorrem aos borbotões. Eu deveria ter pedido a Bash para me ajudar. Deveria ter implorado para ele me ajudar a ficar.

Não precisava ter me virado contra Winnie.

Agora eles jamais vão me perdoar.

O que eu fui fazer?

Bash segura minha mão e entrelaça nossos dedos. Sua pele está seca e um pouco fria, mas sua pegada é segura.

— Vai ficar tudo bem, Cherry. Você vai ver.

As lágrimas recomeçam.

— Bash.

— Sim?

— Eu tenho que te contar...

— *Cherry*.

Vane aparece subitamente diante de minha porta aberta.

— Ah, é — intervém Bash. — Esqueci de te dizer, o Sombrio está te procurando. — Ele dá um tapinha na minha mão.

Meu estômago cai até os dedos dos pés.

Eu poderia arriscar contar a Bash. Nem em sonho posso contar a Vane.

— Venha — ordena Vane.

— Aonde? — Eu olho de um homem para outro, e Bash encolhe os ombros.

— Levante-se agora mesmo, Cherry, e venha comigo.

Deixo a garrafa de vinho de lado, levanto-me da cama e hesito um pouco. Bash fica onde está.

Será que eles já sabem? Será que Vane está prestes a me matar?

Tenho certeza de que Vane pode ouvir meu coração martelando e sabe que estou aterrorizada, embora ele não tenha usado seu poder sobre mim.

Respiro fundo e sigo-o pelo corredor e casa afora.

Vane fica mudo durante os primeiros minutos, e eu sigo silenciosamente ao seu lado enquanto ele pega a estrada que leva ao Porto Darlington.

Quando ele me perseguiu, não faz muito tempo, fomos pela floresta, não pela praia.

Talvez esteja tudo bem.

Talvez...

— Cherry — ele me chama.

— Sim.

— Por que Winnie não estava na tumba quando voltamos?

Engulo em seco e sei que ele pôde ouvir.

Há muito pouco que posso esconder de Vane.

— Eu já te disse...

— Não minta para mim, Cherry. — Ele para no meio da trilha, pega um cigarro e acende com um simples toque do isqueiro. A chama ilumina seu rosto enquanto o sol se põe no horizonte e a escuridão cai.

— O que está acontecendo? — pergunto, tentando evitar o inevitável e pensar em uma boa desculpa para me safar dessa.

Costumava ser boa nisso.

Eu era muito jovem quando Jas partiu da Inglaterra e eu fugi com ele, mas já tinha idade suficiente para aprender uns truques com nosso pai.

Por mais que fosse um canalha na privacidade de nossa casa, em público todos o amavam. Era um advogado respeitado que serviu como ministro-chefe do rei. E o que aprendi com ele foi que é sempre melhor ter dois lados e esconder o ruim.

— Conte-me você o que aconteceu — pressiona Vane. Ele dá uma tragada no cigarro, semicerrando os olhos enevoados pela fumaça.

Ainda dói olhar para ele.

Sei que ele não me quer, mas só de estar perto dele sinto um aperto no coração e um frio na barriga.

Daria qualquer coisa para me livrar desse sentimento.

— Um periquito estava preso no meu quarto — começo, e, então, alguém sai como um raio das sombras e se joga sobre Vane, derrubando-o no chão.

— Oh, meu Deus! — grito.

Os dois rolam na terra várias vezes até Vane conseguir ficar de pé, pressionando a bota no pescoço do agressor.

Mesmo rendida pelo Sombrio, a pessoa no chão gargalha, embora o riso saia estrangulado pela sola da bota de Vane.

— Roc? — Vane diz.

O outro homem agarra o pé de Vane, empurrando-o para trás. Vane sai cambaleando. Roc coloca-se de pé e bate a poeira das calças.

— Que porra está fazendo aqui? — pergunta Vane, a voz desprovida de qualquer animação em ver o irmão.

— Testando seus reflexos. — Roc passa a mão pelos cabelos escuros. — Que, aliás, são péssimos. Você nem me ouviu chegando.

— Eu estava ocupado, caralho!

Roc se vira para mim, e um suspiro fica preso na minha garganta. Ainda estou um pouco quente e tonta por causa do vinho, e a atenção de Roc em mim me deixa com ainda mais calor.

Porque, por tudo que é mais sagrado, como ele é sexy.

Mal consigo me lembrar da última vez que esteve aqui, só sei que foi quando cortou a mão do meu irmão por alguma aparente ofensa com Wendy Darling.

Ainda posso ouvir o terror de Jas e, depois, seus gemidos de dor enquanto Smee cuidava do ferimento.

— Olá! — diz Roc. — E você, quem é?

— Cherry. — Não estou vestida adequadamente para conhecer novos companheiros. Muito menos o famigerado irmão mais velho de Vane.

Ele é alguns centímetros mais alto que Vane, o que o deixa mais próximo da altura de Peter Pan. É esguio como Vane e tem certa flexibilidade que provavelmente lhe serviria bem se ele decidisse se tornar um assassino ou um ladrão.

Ou talvez ele já seja.

Francamente, não sei muito sobre Roc além do fato de que ele é psicótico e conhecido nas ilhas como o Devorador de Homens.

Jas morre de medo dele.

Nunca o vi se contorcer à simples menção de outro homem como faz quando ouve o nome de Roc.

Será que Jas sabe que seu arqui-inimigo voltou para a Terra do Nunca?

Talvez eu queira voltar para o seu lado da ilha só para ter o prazer de lhe contar e ver o sangue sumir de seu rosto.

Ainda tenho ranço de meu irmão. E isso pode satisfazer parte disso.

Roc se aproxima, pega meus dedos e encosta os lábios em minha mão. Dá um beijo prolongado, mantendo seu olhar fixo em mim.

Eu estremeço.

Embora ele e Vane compartilhem a mesma estrutura óssea — maçãs do rosto acentuadas, mandíbula definida e lábios carnudos —, os olhos de Roc são verdes brilhantes.

O calor aumenta em meu peito. Eu poderia me acostumar com esse tipo de atenção.

— Ah, cacete — Vane pragueja, afastando o irmão de mim. — Essa aqui, não.

— Ora, e por que não? Ela é linda. Olhe só essas sardinhas. E você sabe que tenho uma quedinha por ruivas.

— Ela é a irmã mais nova de Gancho.

— Mais uma razão.

— Que porra você está fazendo aqui, Roc?

— Tenho certeza de que você já sabe.

Os dois se encaram, e juro que o ar entre eles parece esquentar.

Por que tenho a sensação de que Roc lhe faz um desafio mordaz? De que há um duplo sentido por trás de suas palavras?

Vane o afronta.

— O que a rainha fae te disse?

— Ahhh, veja só. Você sabe. — Roc alisa os cabelos e, depois, passa o braço em volta dos meus ombros. Ele cheira a colônia cara, licor doce e tabaco queimado.

— Oi, Cherry — ele me diz.

— Oi.

— Onde um homem poderia encontrar Peter Pan por aqui?

— Roc — Vane diz em advertência.

Mais à frente, a casa da árvore começa a se iluminar com a chegada da noite. Já posso ouvir música tocando atrás da casa onde os Garotos Perdidos provavelmente já estão meio bêbados.

— Tenho certeza de que ele está em algum lugar da casa — digo a Roc. — Provavelmente com Winnie.

— A nova Darling.

Eu respiro fundo.

— Sim.

Roc olha para o irmão, por cima do ombro, e diz:

— Adorável. Leve-me até eles, por favor.

12

WINNIE

Estou boiando na lagoa há incontáveis minutos, talvez horas, com Peter Pan me observando da margem como se fosse um bedel.

Assim que me levantei depois que Smee foi embora, ele pegou minha mão e me arrastou para fora de casa, floresta adentro até a lagoa.

— Entre — ordenou.

— Estou bem — protestei.

Ele enfatizou:

— Entre na maldita água, Darling, antes que eu te jogue lá dentro.

Bufando, tirei a roupa e entrei, e, embora não goste de admitir quando Peter Pan está certo, assim que a água bateu em meus ombros, senti-me infinitamente melhor.

Agora estou flutuando de costas e, embora esteja na água há um tempão, meus dedos nem sequer estão enrugados.

— Por que você não entra? — chamo Pan.

— A lagoa e eu temos um combinado — ele responde.

Eu rolo e fico nadando de cachorrinho para poder olhar para ele na praia. Pan está sentado com as costas apoiadas em uma grande pedra à beira da floresta. Tem uma perna esticada e a outra dobrada na altura do joelho, com um braço estendido sobre ela.

Ele está descalço.

Não há nada tão íntimo quanto estar com um mito de pés descalços.

— Que tipo de combinado?

— Um em que eu não entro nela.

Mais segredos entre Pan e a ilha. Sei que suas primeiras lembranças são da lagoa e que ele acredita que foi a lagoa que lhe deu à luz.

Sei também que ele tem medo de perder a sombra novamente e que provavelmente pensa que foi uma dádiva que a lagoa lhe concedeu.

Peter Pan é antigo, mas até ele tem medo de alguma coisa, embora seja estranho que ele tenha medo de uma lagoa e do julgamento e da reprovação de uma ilha. Porque, por mais que ele não admita, sei que é verdade.

Acho que, inconscientemente, Peter Pan está preocupado que, agora que enfim recuperou sua sombra, não seja mais merecedor.

Meu estômago ronca, e lembro que não chegamos a tomar nosso café da manhã com panquecas.

— Está com fome, Darling?

— Eu poderia comer.

— Saia. — Ele se levanta, pega meu vestido da areia e o sacode.

— Ah, mas a água está tão boa — eu me queixo.

— Darling. — Ele inclina a cabeça ameaçadoramente. — Não me faça repetir.

Sei que não há nada que Pan possa fazer, considerando que se recusa a entrar na lagoa, e eu gosto de brincar com ele. Acho que secretamente ele também gosta de joguinhos, desde que ganhe. Mas estou com uma fome que nunca senti, mesmo quando não tínhamos o que comer em casa, então não creio que conseguiria ficar de gracinha por muito tempo.

— Está bem — eu concordo, afundo os pés na areia fresca da lagoa e caminho até a margem.

Quando saio, a água escorre pelos meus braços e pelo meu tronco, deslizando pelo v entre minhas coxas. Meus cabelos estão pesados e molhados, grudando nos meus seios.

Peter Pan parece hipnotizado com a visão de mim.

— Poderíamos ficar mais um pouco — sugiro. — Também estou com fome de outra coisa.

— Você sempre está com fome de pau, Darling. Mas nunca será capaz de me acompanhar se não se alimentar com outra coisa além da sobremesa.

— Quando você diz "sobremesa", está se referindo à porra dos Garotos Perdidos ou às panquecas?

Ele dá uma risada cínica e segura meu vestido, estendendo-o acima de mim, então tudo o que tenho a fazer é enfiar os braços enquanto ele o passa por minha cabeça.

Dou uma reboladinha para ajudar o algodão fino a deslizar por meus quadris. Pan solta um grunhido apreciativo.

— Teremos muito tempo para te fazer engolir porra, Darling. Mas agora você precisa de carne e batatas. Algo com sustança para grudar nos seus ossos. Vamos comer.

— Pode começar... — Dou um sorrisinho safado.

— É esse o joguinho que estamos fazendo?

Não sei o que deu em mim. Sou uma garota cem por cento positiva em relação ao sexo. Gosto de sexo e não tento esconder. Mas normalmente não sou tão ninfomaníaca.

Ou talvez seja de Peter Pan que estou precisando.

Pan me pega e me joga por cima do ombro.

— Ai!

O lobo sai correndo da floresta e ladra para Pan.

— Ela foi avisada — Pan diz ao lobo. — Ela vai me obedecer, e você também.

O lobo solta um ganido.

Não tenho certeza do que significa, mas Pan parece satisfeito com a resposta.

Ele começa a se afastar da lagoa, mas não vai em direção à casa da árvore. Em vez disso, segue em direção à cidade.

— Nós não íamos comer?

— E vamos — diz ele. — Já é hora de dar as caras em Porto Darlington. Lembrar a todos quem é que manda nesta terra.

Só quando ouço o zunzunzum distante de uma cidade pequena é que Pan me coloca no chão. Ajeito meu vestido e percebo que estou descalça, mas Pan também está. Pelo jeito, nós dois somos meio selvagens.

O caminho de terra que sai da mata se conecta a uma estrada que vai de norte a sul, e, na transversal, há uma rua de paralelepípedos que desce pela colina até a cidadezinha.

Porto Darlington, eu acho. Posso ouvir o barulho das rodas de carroça sobre as pedras. Pessoas gritando e rindo. O toque distante de um sino. Os tinidos de metal e o cheiro de ferro queimado.

Não faz muito tempo, eu levava uma vida normal, em uma cidade normal, em um mundo normal.

Desde que cheguei à Terra do Nunca e à casa da árvore, porém, a noção do que me era normal foi apagada e substituída por algo novo.

Porque, aqui em Darlington, sinto-me como uma turista em uma loja de novidades. Como se eu quisesse exclamar *oohh* e *aahh* a cada esquina.

Creio que contribui o fato de Porto Darlington ser muito parecida com uma cidade colonial holandesa do século XIX, com edifícios de estuque branco com vigas de madeira expostas e pequenas varandas tortas com toldos coloridos, além de mercadorias expostas nas vitrines das lojas.

— Por que escondeu esse lugar de mim esse tempo todo?! É maravilhoso! — digo para Pan, que sorri para mim.

— Creio que tenha seu charme.

Passamos por uma padaria que tem uma placa na janela dizendo FECHADO em grandes letras vermelhas. Um homem está na frente varrendo a varanda de pedra. Ao ver Pan, ele para de varrer, abaixa a cabeça e murmura:

— Rei da Terra do Nunca.

Pan o ignora.

Do outro lado da rua, há uma livraria ao lado de uma papelaria que, por sua vez, fica ao lado de uma sapataria. Apenas o último estabelecimento está aberto.

— Você tem dinheiro? — pergunto a Pan. — Eu gostaria de um par de sapatos. — Mexo os dedos dos pés no paralelepípedo frio.

— Claro.

Sinto uma doçura no ar e na ponta da minha língua, e, um segundo depois, Pan estende a mão para revelar uma pilha de moedas de ouro.

— Puta merda. Como você… onde…

Eu teria notado se ele estivesse carregando uma pilha de moedas pesadas nas calças. Pode crer, eu percebo tudo o que se passa nas calças de Peter Pan.

— Uma vantagem da sombra — ele explica. — Posso fazer qualquer coisa aparecer.

Eu o encaro maravilhada, praticamente com estrelas nos olhos.

— Você é incrível.

Pan expira pelo nariz e não consegue conter o indício de um sorriso.

— Tome. Pegue algumas e vá comprar sapatos, Darling.

Ele não precisa me dizer duas vezes. Pego algumas moedas, sem a menor ideia de quanto valem ou de quanto custam os sapatos, e, então, empurro a pesada porta de madeira da sapataria. Um sino toca acima de nós, e o vendedor grita um "olá" antes de avistar Peter Pan e o lobo ao nosso lado.

— Oh, meu Deus. — O homem cai sobre um joelho. — Não tinha ideia de que era… Minhas desculpas, Rei da Terra do Nunca. Que honra ter vossa majestade em minha loja.

— Minha... — Pan olha para mim e franze o cenho. — A Darling precisa de um novo par de sapatos. Pode ajudá-la?

— Mas é claro. — O homem fica de pé. Repara no lobo, abre a boca como se fosse protestar contra a grande fera peluda e, então, pensa melhor. — Do que a senhorita gostaria?

— Algo simples basta. — Olho ao redor da loja. É pequena e aconchegante, com as paredes repletas de prateleiras com mostradores exibindo os calçados. Alguns pares também estão expostos em mesinhas quadradas que pontilham o ambiente.

Vou até a prateleira à minha esquerda. O chão de madeira range alto sob meus passos e as garras do lobo emitem o típico estalido conforme ele me segue.

— O que acha? — eu lhe pergunto, mostrando uma sapatilha que peguei da prateleira.

Não é boa para correr, diz o lobo.

Eu olho para ele.

— Quem disse que preciso correr?

Você sempre deve estar preparada para correr.

— Concordo com ele — Pan diz atrás de mim.

— Está bem. — Devolvo a sapatilha à prateleira e pego uma bota de couro marrom com cadarços. — Que tal?

— Bem melhor! — Pan e o lobo dizem ao mesmo tempo.

— Você tem número trinta e seis desta aqui? — pergunto, o vendedor faz que sim e corre para o fundo.

— Por que vocês dois estão preocupados comigo correndo?

Pan está do outro lado da loja, encostado em uma das estantes que vai até o teto, com os braços cruzados à frente do peito. Está imóvel, mas ainda emana uma aura de quem poderia quebrar ossos sem esforço algum.

Se antes Peter Pan era intimidador, agora, com sua sombra, ele é... ele é...

É impossível encontrar as palavras certas para descrever como é estar perto dele agora.

Seria como tentar descrever a sensação de um furacão dois dias antes de sua chegada à terra firme. O ar está diferente, e dá para sentir a destruição iminente talvez na barriga, talvez na alma. Mas você não pode tocá-lo com as mãos e, portanto, não parece real até que a carnificina esteja aos seus pés.

Peter Pan é assim. Como um furacão.

O lobo dá a volta em uma gôndola para olhar para mim e me tira do meu devaneio.

Você precisa de sapatos para correr, ele assevera.

O vendedor entra correndo por uma porta de vaivém, com uma caixa preta na mão.

— Aqui está! — Ele coloca a caixa no chão, puxa uma cadeira e faz um gesto para que eu me sente nela.

— Você tem meias? — pergunto.

Ele pega um par de uma prateleira, arranca a etiqueta e as entrega para mim. Elas são feitas de algodão puro bege e macio, levemente caneladas.

Com as meias calçadas, coloco as botas, amarro os cadarços e faço um teste de caminhada pela loja.

— Puta merda! Como elas são confortáveis!

O vendedor sorri.

— Eu só vendo os melhores artigos. Fui aprendiz do Sapateiro.

— O Sapateiro? — repito.

— O Renomado Sapateiro das Sete Ilhas — responde Pan. — Ensinado pelos elfos.

— Ah, é claro, *os elfos*. — Nunca vou me acostumar com o absurdo deste lugar. E suspeito que arranhei apenas a superfície.

Levanto o pé para inspecionar as botas.

— Bem, o Sapateiro e os elfos claramente sabem como fazer o que fazem. Fico feliz que ele tenha passado esse conhecimento para você também — digo ao vendedor.

Ele balança a cabeça e junta as mãos.

— Estou tão feliz que tenha gostado!

— Quanto devemos? — Pan pergunta.

— Oh não! Não. — O vendedor balança a cabeça. — Eu jamais poderia tomar dinheiro do Rei da Terra Nunca.

— Você pode e vai. Quanto?

— Eu realmente não devo...

Vou até o artesão e pego sua mão. No segundo em que nossa pele se toca, sua expressão fica chocada e seus olhos se arregalam.

— Nossos agradecimentos — digo a ele e coloco várias moedas em sua palma.

Ele balança a cabeça entorpecido e imediatamente cai de joelhos.

— Obrigado. Obrigado a ambos. Que bênção esta noite foi.

Peter Pan se afasta da prateleira e franze o cenho para o homem.

— Por que está se curvando para ela?

Eu rio e empurro Peter em direção à porta.

— Deixe o homem fazer o que ele quiser, Rei do Nunca.

Ainda assim ele faz uma careta.

— Só eu ficarei de joelhos por você. — Ele pega minha mão e me puxa para fora, para a noite cálida, o lobo nos seguindo.

— Não só você — eu o lembro.

— Ah é... — Ele suspira. — Tudo bem. Vane, os gêmeos e eu. Melhor?

— Hum, ainda não tenho certeza... — Finjo estar indecisa. — Por que não me mostra o que quer dizer?

Ele estufa o peito com uma respiração pesada.

— Darling, eu não vou...

Meu estômago faz outra reclamação alta, interrompendo Pan. Ele deixa nossas provocações de lado, puxa-me para a próxima rua e, depois, leva-nos para uma via mais larga, onde há mais vida noturna.

A energia vibra intensa aqui. Nunca estive em Nova Orleans ou na Bourbon Street, mas imagino que seja essa a sensação de estar cercado por prédios antigos, enquanto as pessoas e sua música enchem as frestas e as fendas da cidade de risos e folia.

Pan indica uma taverna no meio da rua. Uma placa em inglês pendurada na borda do telhado diz OX & MEAD, em letras antigas.

É esse o nome da taverna ou da comida que oferecem?

Eu não quero comer um bifão com hidromel. Estava mais a fim de um hambúrguer com batatas fritas.

Eu também preciso comer, avisa-nos o lobo antes de sair correndo.

Quando Pan e eu entramos na taverna, somos recebidos pelo burburinho das conversas e pela música tranquila de um alaúde. Mesas circulares estão espalhadas pelo salão com um bar à direita e cabines nos fundos. Enormes janelas arqueadas deixam entrar a calorosa luz dos postes do lado de fora.

A taverna leva alguns segundos para perceber quem está parado diante da porta. Mas, quando as pessoas percebem, todo o recinto fica em silêncio e todos os olhares voltam-se para nós.

13

PETER PAN

Esqueci como era dominar um ambiente com minha simples presença.

Andei sumido desde que perdi minha sombra.

Um erro amador.

Mas isso muda agora.

Minha sombra espreita sob minha pele e, então, começa a se expandir atrás de mim, sem ligar para a direção da luz na sala.

A Sombra da Vida da Terra do Nunca não precisa de luz para existir, e sinto que ela quer tornar sua presença conhecida.

Nós temos um longo caminho a percorrer para nos tornarmos um ser uno novamente, mas ela está tão animada quanto eu para mostrar à Terra do Nunca quem é que detém o poder mais uma vez.

E a sombra cresce, engolfando a sala.

O brilho dourado das lanternas fica mais forte e as sombras ficam mais escuras.

De repente, as cadeiras raspam ruidosamente no chão de madeira enquanto as pessoas se levantam rápido e se colocam de joelhos.

Agora, sim.

Eu pretendia vir aqui para colocar comida na barriga da Darling, mas percebo que há mais trabalho a ser feito.

— A sombra voltou ao seu devido lugar. — Passo em meio aos corpos curvados. — Sou o Rei e o coração da Terra do Nunca. Nunca duvidem disso.

Todos mantêm a cabeça baixa, mas um murmúrio percorre a multidão e, então, um homem nos fundos se manifesta.

— Nunca duvidamos do senhor, meu rei.

Sei que ele está mentindo. Todos duvidaram de mim. Caralho, até eu duvidei de mim.

E ainda estou cheio de dúvidas.

Sem pensar, pego a mão da Darling. Assim que nossos dedos se entrelaçam, ela aperta minha mão.

Eu precisava de seu apoio.

Eu precisava de seu apoio?

Anuncio a todos na taverna:

— Agora vamos comemorar. Voltem aos seus jantares e às suas folias. Permitam que seu rei jante entre vocês.

Os fregueses ficam de pé. Há um barulho de cadeiras e tecidos, um tilintar de pratos e talheres quando retomam seus assentos e suas refeições. Puxo a Darling para o fundo do salão, até uma mesa parcialmente escondida na sombra.

Não consigo afastar a sensação de que quero me isolar novamente. E não gosto nem um pouco disso.

Preciso de uma bebida.

Uma garçonete usando o avental verde do Ox & Mead se aproxima. Seus cabelos estão trançados em um penteado no alto da cabeça, e vários cachinhos errantes escaparam para emoldurar seu rosto.

— Bem-vindo ao Ox & Mead, meu rei. Que honra tê-lo aqui. — Ela sorri e me faz uma reverência desajeitada. — O que posso fazer pelo senhor?

— Preciso de uma bebida. Forte. Qualquer uma serve.

— Temos um uísque excelente da Terra Invernal que acho que o senhor irá gostar. — Ela se vira para Winnie: — E para a senhorita Darling?

É claro que todos aqui sabem sobre a Darling. A fofoca em Porto Darlington pode não ser tão corrente quanto na corte dos fae, mas, ainda assim, as pessoas falam.

— Hambúrguer e fritas? — a Darling pergunta, e o tom de animação em sua voz é inconfundível.

— Hummm... — A garçonete segura o lápis sobre um bloco de notas, sem saber o que escrever. — *Fritas*?

— Palitos de batata fritos — explico à garota.

— Oh, sim, claro! — Ela anota.

— E um sanduíche de carne — digo. E, então, pergunto à Darling: — Do que você gosta em seus hambúrgueres?

— Alface?

Não consigo conter o riso:

— Aqui não colocamos mato na comida.

Ela resmunga.

— Picles?

— Isso nós temos.

— Ketchup?

— Xarope de tomate — traduzo à servente. Ela assente e continua anotando.

— Xarope de tomate? — A Darling torce os lábios, horrorizada. — Mas que diabos é isso?

— É adocicado como o seu ketchup. Confie em mim.

— Está bem. — Ela olha para a garçonete. — Um sanduíche de carne, por favor, com picles e xarope de tomate.

— É para já! — A garota praticamente sai correndo e desaparece cozinha adentro.

— Estou com um pouco de medo do que vai sair daquela cozinha. — A Darling vem para perto de mim, e gosto da proximidade dela.

— Seu reino te alimenta com comida falsa e lixo ultraprocessado, e você tem medo do molho de tomate da Terra do Nunca?

— Você disse xarope.

Gosto de sua admiração e de sua dúvida. Ela é adorável quando está insegura porque, na maioria das vezes, gosta de fingir que tem tudo sob controle.

Minha bebida chega e o barman me serve sem dizer uma palavra, então gira nos calcanhares e se afasta depressa.

Cheiro o copo em busca de venenos. A Terra do Nunca está repleta de meus inimigos agora. Não posso baixar a guarda.

Farejo apenas as especiarias da Terra Invernal e a pungência do álcool.

Tomo um gole. O calor é bem-vindo e aquece minhas entranhas.

— Deixe-me experimentar. — A Darling bebe um gole. — Ahhh... — Ela suspira e fecha os olhos. — É como beber o Natal em um copo. Mas é bem forte mesmo. Ela disse que é da Terra Invernal?

— Sim.

— E o que é isso?

— Outra ilha.

— São sete, né?

— Sim. — Tomo outro gole. Provavelmente nunca mais ficarei bêbado. A sombra não permitirá, e creio que é melhor assim, mas ainda gosto de sentir o álcool descendo e queimando tudo.

— Quais são os outras além da Terra do Nunca e da Terra Invernal? — a Darling pergunta.

— A Terra Invernal e a Terra Estival estão em extremos opostos da cadeia de ilhas. Entre elas, fica a Terra Soturna, a terra natal de Vane. A Terra do Nunca. A Terra dos Prazeres...

A Darling se engasga em seu segundo gole de meu uísque.

— A Terra Perdida e a Terra do Sempre.

— Você falou Terra dos Prazeres?

— Falei.

— Como... assim?

— É um lugar onde todas as suas fantasias se tornam realidade.

— Eu preciso ir para lá.

— De jeito nenhum.

Ela franze o cenho e faz um biquinho.

— Por que não?

— Porque é um lugar selvagem, imprudente e viciante como uma droga. Quem vai à Terra dos Prazeres não volta.

A Darling reflete sobre o que acabou de ouvir.

— Ainda não consigo acreditar que tudo isso seja real. Quando eu era criança e minha mãe me contou sobre você e os Garotos Perdidos, achei que era uma história que ela tinha lido em um livro. E agora cá estou eu em um reino alternativo, transando com um mito e prestes a comer xarope de tomate.

Levo a mão imediatamente para sua coxa e deslizo seu vestido para sentir a carne quente entre suas pernas.

— Transando com um mito? Acho que é o mito quem está transando com você.

— Se é nisso que você quer acreditar... — ela responde com um sorriso cínico.

Eu sorrio para ela. Cacete, como Winnie é uma delícia.

Seu prato chega fresco e fumegante. As fritas, como ela as chama, estão douradinhas e brilham com o óleo e o sal. O sanduíche — ou melhor, o *hambúrguer* — vem com duas fatias de pão caseiro, e dele escorre o rico molho de tomate.

— Oh, meu Deus. Isso tá com uma cara ótima!

A Darling puxa o prato para perto e prova um palito de batata que mergulhou na poça de molho ao lado do pão. A batata crocante estala entre seus dentes, e percebo o instante em que o xarope de tomate atinge suas papilas gustativas, porque ela arregala os olhos.

— Não te falei? — Não consigo me conter.

— Uau! — Ela engole, pega outra batata e olha para a garçonete, que ainda está ali esperando ser dispensada. — Sério, uau. Obrigada...

— Darlina.

A Darling para de mastigar.

— Desculpe — diz a servente. — É um pouco estranho, né? É um nome popular na Terra do Nunca.

Se é mesmo, eu não sabia. Entretanto, estou muito isolado do que é a vida na minha ilha.

— Prazer em conhecê-la, Darlina — diz a Darling. — E obrigada por esta refeição maravilhosa.

A garçonete se abaixa, como se quisesse fazer uma reverência, mas pensa melhor.

— O prazer é meu — ela diz e depois se afasta.

— Darlina? — a Darling sussurra para mim. — Eles adotaram um nome que vem do meu sobrenome?

— As histórias das Darling remontam a gerações — digo a ela. — Não estou surpreso.

— Mas pensei que nós éramos as vilãs ou algo do tipo?

— Não, Darling. — Roubo uma de suas fritas. — Eu sou o vilão aqui.

14

ROC

Peter Pan e a tal da Darling não estão em lugar nenhum, e minha paciência está se esgotando.

Atrás da casa, está rolando a maior festa. Vários Garotos Perdidos e meninas enchendo a cara e farreando. Eu me juntaria a eles se não houvesse tantos e tantos anos desde a última vez que vi meu irmãozinho mais novo.

Ele nos serve uma bebida no bar do loft. Não pergunta o que eu quero, mas tenho certeza que lembra que prefiro bourbon.

O tempo pode ter se estendido entre nós, mas há certas coisas que os irmãos jamais esquecem.

Ele traz o copo para mim e se senta na poltrona de couro em frente ao sofá onde estou recostado.

O loft está silencioso. Os gêmeos sumiram com Cherry assim que cheguei.

Creio que minha reputação me precede. Os gêmeos ainda não estavam com Pan da última vez que estive aqui. Eles chegaram bem mais tarde.

— Gostei do que fizeram com o lugar — digo a Vane.

Ele toma um golinho de sua bebida e permanece impassível, mesmo quando o álcool queima sua garganta.

— Qualquer que seja o seu plano — diz Vane —, não vou deixar que vá em frente.

Sorrio e procuro não demonstrar irritação. Meu irmãozinho mudou e ainda não sei quanto.

Um beliscão? Uma milha? A porra do comprimento de uma caverna?

— Deixe-me fazer uma pergunta. — Sento-me mais para a frente e apoio os cotovelos nos joelhos. — Se fosse necessário escolher entre mim e Peter Pan, quem você escolheria?

— *Se* fosse, mas não é. Então por que quer saber?

Um brilho sinistro reluz em seu olho roxo. Lembro-me vividamente dele se debatendo embaixo de mim enquanto eu tentava cuidar do ferimento. Lembro-me da palidez de sua pele, das bochechas encovadas e do pavor de que ele não sobreviveria.

Vane e eu não somos como a maioria dos homens. Entretanto, mesmo homens especiais às vezes não são páreo para uma sombra.

— Você sabia?

O silêncio é quase ensurdecedor.

— Você sabia, Vane?

— Acabei de descobrir. — Ele esvazia o resto do copo e coloca-o com força na mesa entre nós. — E não banque o preterido. Você mal conhecia Wendy.

— Eu a conhecia o suficiente. — Viro meu copo e saúdo a doçura e o calor do álcool. Preciso de mais. Preciso de muito mais. — A rainha fae compartilhou comigo uma memória que retirou da cabeça de uma Darling. — Enfio a mão no bolso e pego um punhado de amendoim. — Como você bem sabe, as memórias são transmitidas pelo sangue.

— Sim, eu sei.

— E Peter Pan abandonou Wendy enquanto ela implorava por ajuda e ignorou suas súplicas de, ao menos, me avisar onde ela estava.

— Você já tinha ido embora, lembra? Depois que ela te rejeitou.

— Por causa do desgraçado do James Gancho.

— Você e sua montanha de inimigos.

— Não me faça te adicionar à lista.

— E por que você tá todo condoído, porra? — Vane se levanta. — Isso tudo foi há muito tempo. Não vem fingir para cima de mim que ele tirou o grande amor da sua vida.

— Você teria abandonado Lainey?

A expressão no rosto do meu irmão é a mesma que um homem teria logo após levar uma marretada.

Quase me arrependo.

Quase.

— Não a envolva nisso. — Seu olho violeta fica preto. — Wendy não é Lainey.

Não sou como meu irmão. Não sinto emoções como ele. Mas quase posso imaginar como é quando tocamos no nome de nossa irmã mais nova.

Eu não queria desenterrar cadáveres antigos, mas já cavei fundo demais.

— Peter Pan faz o que quer. Por que não deveria sofrer as consequências?

— E como se chama o que você faz? — Vane range os dentes.

— Eu tenho regras, irmãozinho. Peter Pan, não.

— Regras — ele zomba e se afasta. — Regras que só você conhece. Regras que você tira do nada.

Eu o sigo pela escada principal.

— Quando é que eu abandonei uma garota inocente à própria sorte?

— Dytus — ele responde.

Cacete!

Dytus era uma garota de Umbrage que costumava nos seguir como um cachorrinho perdido.

— Ela foi um caso isolado — argumento. — Fiquei sem tempo.

— E, ainda assim, o resultado foi o mesmo.

Os Garotos Perdidos divertem-se no quintal. Quando chegamos ao saguão de entrada, o cálido brilho laranja da fogueira se espalha pelo chão através das portas traseiras abertas. Há um cheiro distinto de lenha e tabaco queimado no ar.

Vane vai até a grande porta da frente e a escancara para mim.

— Vá embora antes que ele volte.

— Se você não escolher um lado — eu o aviso —, te farei escolher.

— Eu claramente já escolhi, Roc.

— Você me fere assim, irmão.

Ele apenas me encara com os olhos negros.

Quero dar um tapão na cara dele para ver se acorda para a vida. Ou sequestrá-lo e levá-lo para longe desta ilha esquecida.

Não quero lutar contra meu irmão, mas o farei se for preciso.

— Mude de ideia — eu lhe digo.

Toda a leveza desapareceu da minha voz, e eu deixo bem claro.

Vane, porém, continua inflexível, e a madeira da porta range quando ele aperta com mais força um reparo recém-colado.

— Muito bem. — Sorrio para ele. — Nesse caso — quebro um dos amendoins e deixo a casca cair em volta das minhas botas —, você deveria saber que viajei com a família Remaldi.

A atitude do meu irmãozinho muda no mesmo minuto. Ele fica ligeiramente boquiaberto, revelando uma ponta de surpresa. Mordo um amendoim e contemplo o céu noturno.

— Eles já esperaram o suficiente pelo retorno de sua sombra. — Quebro outro amendoim em minha mão. — É deles por direito.

— As sombras não pertencem a homem nenhum. Somente a terra pertence a eles.

— Acho que Peter Pan discordaria de você.

Ele quase solta fogo pelas ventas. Sabe que estou certo.

— Acho que vou à cidade ver em que tipo de encrenca posso me meter. Nesse meio-tempo, por favor, reconsidere sua posição. Eu te dou até o nascer do sol para trazer a sombra até nós. Caso contrário...

— Caso contrário o quê, Roc?

Coloco outro amendoim na boca e limpo as mãos.

— Vou deixar o tempo acabar.

15

PETER PAN

A Darling devora seu lanche em tempo recorde. Creio que ela nem sequer parou para respirar antes de estar lambendo os dedos para limpar o molho de tomate, um dedo de cada vez.

Não consigo deixar de imaginar que é outra coisa que ela está lambendo e fico instantaneamente duro.

— Qual é o seu veredito? — eu lhe pergunto, tentando distrair a mim e ao meu pau rebelde.

— Bem melhor do que eu esperava. — Ela toma um belo gole do uísque da Terra Invernal e se arrepia quando ele desce. — Estou me sentindo muito melhor.

— Sim, vamos conversar sobre seus cuidados e...

A porta da taverna é aberta e, como gosto de saber tudo o que acontece ao meu redor, sinto-me atraído pela presença dos recém-chegados.

E, no momento que vejo aqueles cabelos loiros brilhantes, sinto um frio por dentro.

A realeza Remaldi acompanhada de vários guardas.

Não é preciso muito para ligar os pontos.

Tilly convocou o Crocodilo. O Crocodilo é da Terra Soturna.

Os monarcas da Terra Soturna provavelmente viram uma abertura para recuperarem sua sombra.

Vane devolverá a sombra, tenho certeza. Só que agora não é a melhor hora, porra.

Dois guardas permanecem alguns passos atrás de três membros da família real, que têm a rainha à frente. Não reconheço as duas mulheres, mas elas são mais novas que a rainha, o que significa que são muito, muito mais novas que eu.

Giselle me vê em um instante. É difícil não me notar.

— Cacete! — murmuro quando ela começa a vir em minha direção.

— O que foi? — a Darling pergunta. Ela segue minha linha de visão e fica rígida ao meu lado quando olha para Giselle.

O ar muda. Será que o lobo já voltou da caça?

Não o vejo por perto.

Presto atenção na Darling enquanto a energia fica mais densa.

Que porra é essa?

Eu consigo *senti-la.*

Consigo sentir…

Ah, merda.

— Peter Pan! — saúda Giselle.

A rainha da Terra Soturna para diante de nossa mesa e junta as mãos à sua frente. Embora a Terra do Nunca sempre tenha sido mais tropical que ártica, Giselle usa um xale que parece ser de pele de lobo.

Por baixo, um vestido preto delineia seu corpo em meadas de seda.

Os cabelos loiros estão presos em um penteado que forma uma coroa de várias tranças grossas em sua cabeça.

Ela não é tola de usar uma coroa de verdade na Terra do Nunca.

Atrás dela, uma jovem que pode ter vinte e dois ou cinquenta anos, dependendo de como ela envelhece. Também está portando o brasão real e tem o cabelo loiro dos Remaldi, então presumo que seja uma princesa.

Ao lado dela, outra garota, ainda mais jovem.

— Que porra você quer? — pergunto a Giselle.

Preciso tirá-la daqui.

Preciso de Vane e dos gêmeos.

— Ora, uma rainha não pode visitar outra ilha? Ver os pontos turísticos? Talvez provar as iguarias?

Ela empurra os ombros para trás, empinando o peito propositalmente. O xale está preso na base do pescoço, mas o vestido é decotado, expondo o volume dos seios. A seda de seu vestido é fina, e seus mamilos estão endurecidos em contato com o material.

— Posso garantir — digo. — Há muitas outras iguarias finas em *outras ilhas*. Então queira, por gentileza, dar o fora daqui.

Seus lábios vermelhos rubi se curvam em um sorriso lascivo.

— Mas Peter...

— Você o ouviu — diz a Darling.

Quando olho para a Darling novamente, sua cabeça está baixa e o cabelo cai em seu rosto.

Sinto aquela energia de novo, agora subindo pela minha espinha.

— E quem é essa puta? — Giselle pergunta. — Peter Pan, você nunca teve bom gosto. — Ela se aproxima do meu lado da cabine e se inclina para mim, passando o braço em volta dos meus ombros, colocando a boca ao pé de meu ouvido para poder sussurrar: — Talvez possamos voltar para o meu navio e...

A Darling salta sobre a mesa com uma faca na mão e a enfia na garganta de Giselle.

O sangue pinta o ar. A taverna imediatamente vira um caos.

A rainha cambaleia para trás, tateando a garganta enquanto o sangue mancha a pele de seu xale.

A princesa fica pálida, mas é rápida e desembainha a espada que traz junto aos quadris. Em um segundo, no entanto, a Darling a segura pelo punho e a escuridão começa a pulsar em suas veias e a corroer a pele da princesa. Ela se engasga, e seus olhos ficam injetados.

Os guardas dos Remaldi avançam contra a Darling, mas eu já estou de pé.

Arranco a lâmina do pescoço de Giselle e a enfio na órbita ocular do primeiro guarda, depois dou um chute no peito do segundo. Ele bate em uma mesa atrás de si, derrubando vários copos de bebida no chão, que se estilhaçam em mil pedaços.

— Darling! — eu grito.

Ela se vira e me encara.

E seus olhos estão completamente negros.

— *Solte-a.*

Escuto o som familiar da trava do gatilho de uma pistola sendo desarmado.

Conheço essa voz.

Conheço-a muito bem.

Afinal, não é muito diferente da voz de Vane.

Afinal, eles são irmãos.

Viro-me e encontro o Crocodilo no meio da taverna, com uma pistola na mão apontada para a Darling.

— Solte-a — ele repete calmamente.

A princesa Remaldi ainda tenta recuperar o ar, mas a escuridão começa a envolver seu rosto.

Ela não tem muito tempo.

— Roc! — Levanto as mãos para lhe mostrar que estou desarmado. — Abaixe a porra da arma.

Ele pega um relógio de bolso e o abre.

— Ela tem cinco segundos. Começando agora.

Cinco segundos não são tempo suficiente.

Não posso matar Roc.

Vane me mataria.

Mas posso fazer muitas coisas sem arrancar o coração de um homem.

Eu voo para cima de Roc. Caímos sobre o bar e saímos rolando pelo chão.

Levanto-me em um segundo, e ele me ataca com uma garrafa de uísque. Eu me desvio e ele não me acerta. Seguro a garrafa quando Roc me ataca de novo e busco em meu âmago a fonte de meu poder.

Já faz tanto tempo, mas, no segundo em que me conecto com ela, o poder corre em minhas veias e a adrenalina me inunda.

A garrafa solta um *pop* bem alto e explode em uma chuva de flores.

Roc observa as pétalas agora esmagadas em sua mão e cerra os dentes, furioso.

Não posso deixar de sorrir.

E Roc se aproveita de meu orgulho e minha distração para me dar um soco na cara. Quando volto a mim, ele já está saltando por cima do bar.

Eu voo atrás dele.

O último freguês ainda na taverna consegue correr até a porta e sair gritando.

Roc pega uma cadeira, levanta-a sobre a cabeça e golpeia a Darling em cheio com o assento.

— Não! — eu grito.

A Darling e a princesa Remaldi caem no chão.

Pego uma faca em uma das mesas e lanço-a através da sala, mirando na cabeça de Roc. Ele, no entanto, percebe no último segundo e intercepta-a em pleno ar, simples assim.

Então alcança a Darling, agarra um punhado de seus cabelos e levanta-a.

Usando a Darling como escudo, Roc pressiona a ponta afiada da lâmina contra a garganta dela.

— Não faça isso — digo a ele.

Ele indica a princesa caída no chão.

— Cure a princesa.

— Não funciona assim.

Ele pressiona a lâmina contra a garganta da Darling, e uma gota de sangue começa a escorrer.

— Eu vou te matar — ameaço entredentes.

— Cure a princesa. É do seu interesse e do meu que você a cure.

Não duvido dele. Roc não é estúpido. E ele joga com estratégia, não com emoção.

Há uma rainha morta no chão da taverna e uma princesa não muito longe disso. Não sei quanto à menina mais nova, mas acho que é seguro presumir que também está morta.

— Tudo bem — digo a Roc. — Deixe-me ir até ela.

Os olhos negros da Darling estão voltados para mim.

Não tenho tempo para questionar como ela conseguiu a Sombra da Morte da Terra do Nunca ou o quanto já foi dominada. Tampouco há tempo para contemplar as consequências.

Mas, quando vejo seus lábios formando um pequeno sorriso diabólico, sei que estou em apuros.

Porque haverá consequências.

Já começaram a se desencadear.

A Darling envolve a mão no antebraço de Roc e a outra mão no punho oposto.

Em qualquer outro dia, sob qualquer outra circunstância, ele seria mais forte que ela.

Mas não se trata de outro dia qualquer.

A escuridão começa a fluir da Darling e a penetrar o braço dele. Roc sibila de dor e instintivamente recua. Ela se desvencilha, afastando a lâmina de sua carne, então imediatamente se abaixa, gira e o golpeia com a própria mão.

Seus olhos se arregalam enquanto o sangue sai da boca dele e escorre pelo pescoço, encharcando a camisa de Roc.

— Darling — eu a chamo.

Roc cambaleia para trás e cai contra a parede.

— Darling! Temos de ir. Agora, caralho!

Roc se engasga, e o som é úmido e distorcido.

— Darling!

Ela finalmente olha para mim, e é como se eu estivesse no meio de um sonho febril.

Estou olhando para ela e posso sentir que ela também me vê, e, pela primeira vez em toda a minha vida imortal, sinto as sombras se conectando, como dois espelhos apontados um para o outro.

— Vamos! — eu lhe digo.

E, embora seus olhos ainda estejam completamente pretos e a Darling esteja coberta de sangue, ela sorri para mim, pega minha mão e me segue porta afora.

16

PETER PAN

Assim que estamos sob o céu da Terra do Nunca respirando o ar fresco da noite, pego a Darling no colo e alço voo. Ela passa as mãos atrás do meu pescoço e apoia a cabeça no meu ombro. Não diz nada durante todo o caminho de volta para a casa da árvore.

Ouço a música da festa quando aterrisso, mas ainda não sei onde Vane e os gêmeos estão. Preciso levar a Darling a algum lugar seguro para pensar no que vou fazer a seguir.

Empurro cuidadosamente a porta da frente e encontro o saguão de entrada vazio. As arandelas que iluminam a escada até o loft estão acesas, e a luz bruxuleante projeta sombras sinistras pelo espaço.

Vejo que os gêmeos estão na cozinha. Bash tenta animar Cherry com uma tortinha. Kas ri de algo que o irmão disse.

É claro que o Sombrio está em silêncio. Já estou até vendo Vane se materializando do nada para analisar a mim e à Darling cobertos de sangue.

Não posso enfrentá-lo.

Ainda não.

Voo até o loft e pelo corredor, mais grato do que nunca por ter reconquistado essa habilidade.

No último segundo, entretanto, percebo que cometi um erro grave.

Vane está na biblioteca.

— Aí está você! — ele exclama enquanto pouso do lado de fora da porta da minha tumba. Uma tábua irregular estala sob o impacto de suas botas pesadas quando ele vem me cumprimentar. — Aonde você foi?

— À cidade — respondo e abro a porta da torre, permanecendo de costas para ele, a fim de que não veja a Darling.

Quando ele descobrir que ela matou seu irmão...

O que não se fala sobre o amor é que às vezes ele te força a escolher entre duas opções impossíveis.

Vane ou Darling? Jamais poderia escolher.

Eu não quero.

— Isso é sangue? — Vane pergunta.

— Não é meu. Entrei numa briga com um bêbado em uma taverna.

— E Winnie? — Sua voz fica ligeiramente mais grave, e paro no topo da escada em caracol, meu estômago revirando ao notar a preocupação na voz dele.

Todos estão com os nervos à flor da pele ultimamente.

E não sei como lidar com isso.

Achei que recuperar minha sombra resolveria todos os meus problemas, mas esqueci quantos problemas tenho. E que nem todos podem ser resolvidos com *poder*.

— Dormindo — digo, ainda sem o encarar, embora ela esteja de olhos bem abertos. — Vou colocá-la no meu quarto. Não nos perturbe.

— Pan... — Vane começa, mas eu chuto a porta para fechá-la na cara dele.

Prendo a respiração, já antecipando que minha ordem será ignorada, mas não. O Sombrio não vem atrás de nós, e eu não sei se deveria ficar aliviado ou envergonhado por estar escondendo esse segredo dele.

Vane nunca nos perdoará.

Ainda que já tenham se passado muitos anos desde a última vez que ele falou com o irmão e que sua lealdade a mim seja inquestionável, eu não sou sangue do seu sangue.

Meus passos ecoam conforme carrego a Darling para minha tumba. Nem preciso pensar em acender a luz antes que ela acenda sozinha e elimine as sombras.

Meu poder está crescendo e se restabelecendo.

Mas não consigo aproveitar, porra.

Ainda não.

Assim que deito a Darling na minha cama, ela se enrola de lado e coloca as mãos no peito.

— Eu me sinto engraçada — ela diz.

Ah, não diga!

Seus olhos ainda estão pretos.

Caramba, como foi que ela conseguiu a sombra?

Aliás, como diabos está aguentando?

Agora, ela ter desmaiado mais cedo faz muito mais sentido. Estou surpreso que não esteja se contorcendo de dor. E, no entanto, tudo sobre a Darling, desde o momento em que a conheci, provou ser diferente do que eu esperava.

Preciso ajudá-la.

Tenho que dar um jeito nessa situação.

— Acho que vou tirar uma soneca — ela me diz.

— Vou tomar conta de você — respondo.

A Darling sorri para mim e fecha os olhos.

Em poucos instantes, ela está respirando tranquila e profundamente, e eu enfim suspiro aliviado e caio na poltrona.

Não quebro minhas promessas à Darling, então fico ao seu lado enquanto ela descansa.

Não há nada de sinistro ou aterrorizante em sua figura agora, exceto o sangue ainda salpicado em sua pele.

Se eu conseguir olhar além disso, vejo só uma garota inocente com bochechas pálidas, ombros ossudos e um emaranhado de cabelos escuros e grossos.

Eu me aproximo e me sento na beirada da cama, passo a mão em sua cabeça e coloco uma mecha de cabelo atrás de sua orelha.

Ela se vira em minha mão e respira profundamente.

Minha sombra a pressente e se agita sob a superfície.

Como diabos eu não percebi?

O maldito lobo confundiu meus sentidos. Achei que estivesse captando a energia dele, mas agora acho que era a sombra escondida sob os olhos da Darling.

Ela não vai aguentar muito tempo assim. A sombra a consumirá em breve.

Vane mal consegue controlar sua sombra, e ele nem é humano.

— O que é que vou fazer com você, Darling? — sussurro.

Levanto-me e ando de um lado para outro, com as mãos cruzadas atrás da cabeça, tentando pensar. Podemos remover a sombra se eu encontrar um recipiente temporário. Não será fácil, mas é possível. E quanto a Vane... talvez eu possa convencê-lo de que não foi culpa dela.

Bem, eu até tive a oportunidade de salvar Roc, mas não o fiz. Eu estava muito preocupado com a Darling.

Continuo zanzando pela sala, quando, de repente, vejo a Darling flutuando até o teto.

— Darling! — eu grito e só então me dou conta da minha idiotice.

Ela desperta, percebe que está praticamente no teto e grita.

Estou embaixo dela num instante, quando despenca. Ela cai com um baque nos meus braços.

— O quê... como... — Ela me encara completamente chocada.

— Está tudo bem — eu lhe digo, mas não está, e ela sabe disso.

— O que acabou de acontecer? Como cheguei aqui? — Winnie me agarra com força pelos bíceps. — Por que continuo perdendo a noção do tempo, Pan?

Sua voz fica rouca de pânico.

Nunca quis tanto carregar o fardo do medo de outra pessoa como agora.

— Está tudo bem — repito.

— O que aconteceu?

— Darling...

— Diga-me, Pan.

Eu a ajudo a ficar de pé.

— Parece que, de alguma forma, você reivindicou a Sombra da Morte da Terra do Nunca.

— O quê?! — ela grita.

17

CAPITÃO GANCHO

Meu braço lateja.

Minha garganta está seca.

Não consigo dormir.

Ando de um lado para outro no meu gabinete. Sem parar, sem parar, sem parar.

O Crocodilo está no solo da Terra do Nunca.

Cada um de meus pertences está meticulosamente organizado em meu gabinete. Cada uma das prateleiras foi espanada e está brilhando.

Não me resta mais nada com que me distrair.

Vou acabar com a raça dele.

Assim que descobrir como.

— Jas — diz Smee —, por que você não tenta dormir um pouco?

— Dormir? — Eu me viro para encará-la. — Dormir, Smee?!

Ela suspira e se inclina para a frente, para pegar uma garrafa no carrinho de bebidas. Enche um copo de uísque e me entrega.

— Beba — ela ordena.

— Como você pode estar tão calma?

Nada, jamais, tira a calma de Smee.

Invejo sua disposição imperturbável. Particularmente quando me sinto tão abalado.

— A preocupação não vai te ajudar em nada — ela me diz.

— Eu não estou preocupado!

Ela inclina a cabeça, e uma trança grossa desliza sobre seu ombro.

— E como você chamaria isso?

Viro o copo. Já é o terceiro. Não posso ficar bêbado quando o Crocodilo está na ilha. Mas três copos mal aliviaram a tensão entre minhas omoplatas ou o nó em minhas entranhas.

Vou acabar com a raça dele.

Vou bolar um plano, encontrá-lo e matá-lo.

— Jas — Smee me chama mais uma vez.

— O quê?

— Ele não está aqui por sua causa.

— Mas vai dar uma passadinha por aqui. Tenho certeza. — Recomeço a zanzar de um lado para outro. — Só para me aterrorizar. Para me lembrar de que eu mexi no que lhe pertencia. Como se ele fosse dono dela.

— Bem, você sequestrou mesmo Wendy Darling.

— Smee!

Ela dá de ombros.

Eu resmungo e me afasto.

— Você não está aqui para apontar meu passado duvidoso.

— Ah, não estou? — Ela ri. — Não devo ter entendido direito meus deveres profissionais.

Chego ao outro extremo da sala e paro.

Ouvir o nome de Wendy evoca a imagem dela em minha memória.

Quando olho para trás, para as recordações, nunca tenho certeza se lembro bem, porque às vezes tenho a nítida sensação de que Wendy Darling passou a perna em mim.

Talvez tenha passado a perna no Crocodilo também.

Talvez nos colocar um contra o outro sempre tenha sido o seu plano.

Jamais saberei.

Afinal, Peter Pan a levou de volta ao seu mundo e, embora eu não tenha ideia de quantos anos se passaram no reino mortal, tenho certeza de que são muitos para se viver.

Ela está morta agora.

E as lembranças precisam morrer com ela.

Uma onda de dor percorre a extremidade do meu braço até o bíceps.

Se já não soubesse o gatilho dessa sensação, diria que uma tempestade se aproxima.

— Como vamos matá-lo, Smee? — pergunto sem me virar. Ela é a especialista em magia, a viajante das ilhas.

— A parte mais difícil será chegar perto o suficiente dele para...

Batidas na porta da frente.

Smee e eu nos entreolhamos.

— Está esperando alguém? — eu lhe pergunto, e ela nega.

Saio do meu gabinete e sigo pelo corredor até o hall de entrada. Tenho piratas vasculhando as colinas e vários outros ao longo da baía. Nunca dá para saber por onde um Crocodilo pode chegar.

As batidas ficam mais desesperadas.

— Já vai!

Abro a porta. Um corpo entra cambaleando e cai no chão com um baque alto. O sangue respinga nas minhas botas recém--engraxadas e começa a se acumular no piso de madeira.

— Ah, pelo amor de Deus!

O homem rola de costas, e minha indignação seca.

Se for possível todo o sangue escapar de um homem sem um único corte, suspeito que foi o que aconteceu comigo.

Não consigo sentir minhas pernas.

Sinto um milhão de agulhas alfinetando minhas costas de uma só vez.

Puxo minha pistola com a mão trêmula.

O Crocodilo olha para mim do chão do meu hall de entrada.

— Capitão — diz ele com um sorriso diabólico, apesar de parecer estar às portas da morte. Um tecido branco enrolado em sua garganta está quase todo encharcado de sangue. Há mais manchas de sangue cobrindo seu torso e respingando pelos braços e nas pontas dos dedos.

— Que diabos está fazendo aqui?

Ele ri, mas o riso se transforma em tosse, e ele se esforça para ficar de joelhos, tentando respirar.

Observo Smee, que tem ambas as pistolas apontadas para Roc. Ela nunca gostou de puxar o gatilho, mas sei que, se for preciso, não hesitará.

— Engraçado você perguntar — o Crocodilo diz e cai no chão novamente, enquanto seus olhos reviram.

Eu lhe dou um chute. Ele pragueja.

— Que. Diabos. Você. Está. Fazendo. Aqui?

— Você acreditaria em mim... se... dissesse que... estava com saudade?

Agora lhe dou um chute no saco.

Roc perde todo o ar e se enrola em posição fetal. Ele ri e se engasga e tosse e ri.

— Tá bom, tá bom. — Ele suspira depois de vários longos minutos. — Não tinha para... onde ir.

— Decerto você tem um navio...

— Peter Pan e a tal da Darling... acabaram de matar metade da família real Remaldi. — Ele rola de costas novamente e pisca, fitando o lustre de ferro forjado. — E tentaram me matar. Holt vai pensar que fui eu quem armou uma emboscada.

Outro ataque de tosse o assoma, e Roc perde a consciência.

— O que acha? — pergunto a Smee.

Ela reativa as travas de segurança de suas pistolas gêmeas e as coloca de volta no coldre.

— Atire.

Reposiciono a pistola em sua cabeça. Ele está tão perto.

Sonho com esse momento há tanto tempo.

O Crocodilo é uma fera que perdi de vista, uma aranha que escorregou por entre as fendas.

E eu fiquei esperando o momento em que reapareceria para esmagá-la sob o salto da minha bota.

Só que ele já está praticamente morto.

Se eu meter uma bala em sua testa agora, ele jamais saberá quem o venceu.

Matar um homem que já está caído? Deveras deselegante.

— Jas? — Smee me chama.

Mal consigo ouvi-la acima das batidas do meu coração.

Minha mão treme, e sinto a dor fantasma em meu membro residual. Levanto o gancho e o vejo brilhar contra a luz.

A raiva retorna.

Raiva pelo que ele fez e pelo que não tinha o direito de tomar.

Não posso matá-lo.

Não posso deixá-lo se safar tão facilmente.

— Levante-o. — Devolvo a pistola ao quadril. Smee me encara. — Podemos precisar dele — justifico.

— Duvido.

— Sei o que estou fazendo! Não sou amador, Smee.

— Então pare de agir como tal.

— Muito bem, pode deixar que eu mesmo o levanto. — Vou até sua cabeça e o contemplo.

Um sentimento estranho surge em meu peito. É a mesma sensação que tenho quando avisto terra da proa do navio.

Empolgação.

Empolgação para matá-lo, sem dúvida.

Passo os braços por baixo de suas axilas e arrasto-o, deixando um rastro de sangue. Smee me segue, só assistindo à minha luta para lidar com o peso. O Crocodilo é puro músculo sólido, definido do ombro ao bíceps e aos antebraços. Veias grossas percorrem suas mãos tatuadas.

Imagino como ele deve ficar sem camisa e imediatamente me arrependo.

Sem camisa e com minha lâmina perfurando suas costelas.

Agora, sim!

Eu o arrasto até um dos quartos vagos no final do corredor e chuto a porta. Há uma cama de solteiro no canto, uma escrivaninha e uma cômoda. Quando construí esta casa, certifiquei-me de ter vários quartos, apesar de não ter planos para hóspedes.

O cômodo cheira a mofo, e a poeira gira sob o tênue raio de luar.

Smee me deixa pelejar mais um pouco antes de, finalmente, agarrá-lo pelas pernas e me ajudar a colocá-lo na cama. O colchão afunda, as molas rangem.

O Crocodilo está na minha casa, na minha cama.

Engulo a bile e meu olho começa a tremer.

— O que foi agora? — Smee pergunta.

— Não sei — admito.

— Vamos realmente cuidar dele?

Por que ele veio aqui?

Por que até mim, dentre todas as pessoas? É outro jogo? Chegar à minha porta fingindo estar ferido para se infiltrar e me atacar quando eu menos esperar?

O Crocodilo costuma ser implacável e não tem escrúpulos quanto a ser brutal em plena luz do dia.

Não, acho que, se quisesse me matar, faria isso abertamente.

— Descubra a gravidade dos ferimentos — digo a Smee.

— E se não tiver mais jeito?

Lambo meus lábios, minha boca seca.

— Seria melhor mantê-lo vivo.

Ela coloca as mãos no quadril e inclina a cabeça, observando-me com aquela profunda desconfiança que só aceito vindo de Smee.

— Não gosto nada disso, Jas.

Cambaleio até a parede e me encosto nela, suspirando alto.

— Para ser franco, Smee, eu também não.

Ela assente para mim e se coloca ao trabalho.

18

WINNIE

— Eu não tenho a Sombra da Morte.

Estou sentada na cama de Pan, encostada na cabeceira, com os joelhos junto ao peito. Sinto-me como uma garotinha de novo, com medo de pegar gripe. Sempre odiei vomitar e ficar com o estômago embrulhado, o corpo queimando e tremendo. Sabia que era inevitável, mas, ainda assim, negava que podia acontecer.

Até que acontecia.

— Darling — Pan diz.

— Deve haver algum engano.

— Não há. Eu vi a sombra sair e assumir o controle.

— E? O que ela fez?

Ele franze o cenho em uma carranca preocupada.

Estou coberta de sangue, então acho que foi ruim. Mas o olhar que Pan me dirige me faz pensar se foi algo pior que ruim.

— O que aconteceu? — pergunto.

Ele solta um suspiro e depois me conta tudo.

Abro a porta e saio correndo.

— Darling — Pan me chama.

— Não! Eu não fiz isso!

— Darling, espere — ele fala num tom de comando, mas eu o ignoro e subo as escadas de dois em dois degraus. Não sei o que pretendo fazer quando chegar lá em cima, mas vou descobrir.

— Vou à cidade e te provar que isso não é verdade.

— Você não vai a lugar algum.

— Talvez tenha sido uma ilusão. Talvez tenham sido os gêmeos te pregando uma peça.

— Darling!

Saio da tumba e sigo pelo corredor até o loft. Vane está lá com os gêmeos. Kas e Bash jogam cartas e bebem. Vane lê em uma das poltronas de couro.

Todos eles nos encaram quando entramos, e Vane imediatamente fecha a cara quando me vê.

— Por que ela está coberta de sangue?

Estou prestes a lhe contar a teoria ridícula de Peter Pan quando algo se agita dentro de mim.

É uma sensação que tive várias vezes desde que acordei na cama mais cedo.

Uma coisa escura se desenrola em meu interior e, assim como aconteceu com o lobo, juro que posso ouvir ou sentir sua intenção.

Estou aqui, ela diz.

A pressão cai no loft. Estou com frio e calor ao mesmo tempo, os ouvidos zumbindo.

De jeito nenhum, nem a pau, eu poderia, misteriosamente, *magicamente*, ter reivindicado a Sombra da Morte da Terra do Nunca.

Tem de haver outra explicação.

Vane se aproxima, pairando sobre mim, usando propositalmente seu tamanho para me intimidar.

Essa coisa sombria percebe, e a excitação toma conta de minhas entranhas.

— Comece a falar, Darling.

— Vane — Pan diz em advertência. — Você não...

Dou um tapa no rosto de Vane.

O som ecoa alto na quietude do loft.

E sinto uma satisfação profunda e doentia ao ver o vergão vermelho aparecer em sua bochecha pálida.

Que merda está acontecendo comigo? Estou ferrada.

— Me desculpe... eu não queria...

Ele me agarra pela garganta e me encurrala contra o bar.

— Vane, tenha a santa paciência! — Pan diz e aparece atrás dele.

Os olhos de Vane estão pretos, e a primeira mecha de cabelos brancos aparece no topo de sua cabeça.

— Ah, você quer brincar, Darling?

Estou prestes a me desculpar, *de novo*, mas as palavras ficam presas na minha boca, e sei imediatamente que é aquela *coisa* que me impede.

O ar vibra entre nós, e Vane inclina a cabeça, os olhos negros brilhando.

A excitação floresce, e sinto como se meu coração estivesse palpitando bem na base da minha garganta.

Todo o meu desconforto, todas as minhas dúvidas e os meus medos desaparecem.

E só me resta a fome.

Mas não por comida.

Não desta vez.

Quando respondo, a voz que sai não é inteiramente minha.

— Sim, Sombrio. Quero brincar até ficar esfolada.

Minha boceta se contrai quando ele rosna e pressiona o pau na minha coxa conforme começa a me empurrar para baixo. Enfio a mão entre nossos corpos e o apalpo por cima da calça. Ele fecha os olhos e sinto seu peito trepidar com um gemido.

— Pare de gracinhas, Darling — ele avisa.

— Tente me obrigar.

Vane abre os olhos, e, então, sua boca devora a minha. Ele está me punindo com os lábios, castigando-me com a boca. Sua mão grande me agarra pelo queixo, assumindo o controle do beijo enquanto sua língua me invade, reivindicando-me.

Sua rola está tão dura que a pressão dela contra minha coxa praticamente dói.

O beijo esquenta, e Vane agarra meu seio e belisca meu mamilo. Ele engole o gritinho que solto com o choque da dor e, então, levanta meu vestido até a cintura e abre o zíper. Suas calças mal estão abaixadas quando ele se alinha com a minha fenda e ajeita minhas pernas em torno de seus quadris.

— Por que você faz isso comigo, Win? — ele diz com um resmungo, enfiando apenas um centímetro, somente o suficiente para me provocar.

— Porque eu gosto quando você perde a cabeça por minha causa.

— Você gosta é de me torturar.

Ele morde meu pescoço, e eu me engasgo com a sensação.

— Acho que sim.

Vane me penetra só mais um centímetro, e acho que está tentando me mostrar que é ele o responsável pela tortura.

Cruzo os tornozelos em volta dele e tento afundar ainda mais em sua pica.

Mas o Sombrio é uma força inabalável.

Com os lábios no meu pescoço, ele me beija gentilmente, desencadeando uma tempestade de arrepios pelos meus braços. E então me morde de novo, beliscando minha pele com os incisivos afiados.

Estremeço, e Vane me puxa para mais perto de si.

— Implore, Win.

Estou toda molhada e me contorcendo de tesão.

Eu só o quero dentro de mim, e um gemido desesperado escapa de minha garganta.

— Quem é que está enlouquecendo agora? — ele provoca.

— Cala a boca e me come.

— Seja uma boa menina e implore.

— Por favor — eu lamento, cedendo. — Por favor, me come, Vane.

Ele me pressiona contra o bar e me penetra profundamente.

— Ai, caralho. Agora, sim — eu digo em um gemido.

Com as mãos na minha bunda, ele mete com força, prendendo-me contra o bar.

Nossa trepada é alta, molhada e frenética.

O suor escorre em minha testa e meus cabelos grudam em mim. Quando abro os olhos e observo ao redor, vejo todos eles assistindo. Pan, Bash e Kas. Pan fuma um cigarro, encostado na parede. Bash se masturba, e Kas não fica muito atrás.

Eu quero todos eles.

Todos meus.

Todos eles para me adorarem e jogarem o meu jogo.

— Porra, Win — Vane diz em meu ouvido, sua voz quase humana.

— Vai me encher de porra, Sombrio?

Arranho a parte de trás do seu pescoço, e ele sussurra em meu ouvido.

— Continue fazendo isso e vai se arrepender.

Cavo mais fundo e sinto a umidade do seu sangue preenchendo as feridas em forma de meia-lua deixadas pelas minhas unhas.

Ele abruptamente sai de mim, cambaleia para trás e me deixa ofegante, meu vestido torto.

— Que porra é essa? — reclamo.

— Eu te avisei.

— Não achei que estava falando sério.

De pau ainda para fora e brilhando com meus sucos, Vane pega um cigarro e acende. Dá uma longa tragada.

Aquela coisa escura fica agitada.

Depois de soltar uma baforada de fumaça, ele diz:

— Corra.

— Vane — Pan adverte novamente.

— Corra, Winnie Darling.

Eu ajeito meu vestido.

— E se eu não quiser?

Ele não me responde. Suponho que não haja um "se". Quando Vane dá uma ordem, é melhor obedecer.

A coisa escura gosta disso.

Gosta do jogo.

E eu gosto do jeito como Vane me olha, como se estivesse indeciso entre me punir ou me agradecer.

Viro-me para a varanda e começo a correr.

19

BASH

— Ah, por que fez isso? — pergunto. — Eu tava curtindo.

Vane dá outra tragada no cigarro. A brasa ilumina seu rosto e os olhos negros com um brilho alaranjando.

— Vane — Pan chama mais uma vez. — Precisamos conversar.

— Agora não — diz Vane. — Vamos ensinar uma lição à nossa Darling.

— E qual seria? — Pan pergunta.

— Sim, por favor, nos esclareça, Sombrio. Você manda a Darling sair correndo, você a persegue. E o quê? Nós ficamos na mão?

— Tenho de concordar com meu irmão — diz Kas ao meu lado. — Perseguir é o seu jogo.

— Mas não precisa ser — diz Vane. Ele apaga o cigarro no cinzeiro. — Quem a encontrar primeiro escolhe um buraco.

— Bom, não precisa me dizer duas vezes. — Já estou de pé e indo em direção à porta. Não sou tão rápido quanto Vane, mas tenho habilidades de rastreamento que ele não tem.

Pan resmunga. Algo o incomoda desde que saiu da tumba, mas, seja lá o que for, decerto pode esperar. Quero dizer, se tem a boceta de uma Darling para comer, eu vou comer.

Kas e eu saímos ao mesmo tempo.

— Aposto que consigo encontrá-la primeiro — diz ele.

— Nem a pau. Eu vou encontrá-la primeiro.

Ele ri enquanto desce as escadas correndo.

Acima de nós, Pan e Vane saem voando.

— Ei, isso é trapaça! — grito para os dois.

— É mais difícil detectar rastros no ar — Kas me lembra.

— É verdade. Para que lado você acha que ela foi? — Estamos na beira do quintal agora. Conhecemos nossa querida Darling. Ela provavelmente foi em direção à lagoa. É o seu lugar favorito na ilha.

Mas... ela não é estúpida e sabe que pensaríamos em ir lá primeiro.

Viro-me para o extremo oposto da ilha, onde o luar brilha contra a água da Enseada Prateada.

Se ela é uma garota inteligente, querida...

— Eu digo para irmos para o sul.

— Vale a pena apostar — concorda Kas.

Bato no peito dele, e ele grunhe.

— Quem chegar por último é um perdedor! — grito.

A uns trinta metros da casa da árvore, sei que pegamos o caminho certo. Na trilha que leva da casa até a enseada, vemos um galho de carvalho recém-quebrado mais ou menos na altura de certa garota Darling.

Coloco o indicador sobre a boca para pedir silêncio ao meu irmão, que me responde com um aceno de cabeça.

Não caçamos assim há séculos. Antes de sermos expulsos do palácio e da corte, caçávamos várias vezes por semana na porção noroeste do território fae. Sobretudo veados para os defumadores, mas às vezes perdizes ou patos.

Não é preciso muito esforço para que meu corpo e minha mente entrem em modo caçador.

Ouvimos um estalo à nossa direita, e Kas e eu nos entreolhamos.

Agora a pegamos, ele diz.

Ah, se pegamos.

Levanto os dedos e faço uma contagem regressiva.

Três.

Dois.

Um.

Avançamos rapidamente, separando-nos para encurralá-la.

Outro estalo.

O som alto de sua respiração.

Eu a capturo primeiro, agarrando seu braço e girando-a para mim. Ela solta um suspiro quando a trago contra meu peito.

— Ah, você me pegou — ela diz docemente.

— O Sombrio prometeu ao vencedor o buraco que ele quisesse.

— E ele faz as regras, não é mesmo?

A voz dela está diferente, mais rouca. Eu não odeio.

— Não me incomoda que ele faça desta vez. Ficarei feliz em reivindicar um buraco, Darling.

Kas vem pelo outro lado do carvalho. Ele tirou a camisa e rasgou uma tira de tecido, improvisando uma venda.

Ele a amarra em volta dos olhos de Winnie.

— Que seja uma surpresa — diz meu irmão gêmeo.

— Talvez este. — Puxo o lábio inferior carnudo da Darling e ela solta um suspiro excitado.

Kas vem por trás dela e levanta seu vestido.

— Talvez este. — Ele lhe dá um tapa na bunda, e ela responde com um gritinho, levando o quadril para a frente, pressionando-o contra mim, bem onde já estou tão duro que poderia quebrar.

Deslizo minha mão por sua coxa e roço suavemente sua boceta.

— Ou talvez este.

Caralho, ela está toda molhadinha.

Olho para Kas. Tecnicamente, eu ganhei, mas não ligo de dividir os espólios.

Quer fodê-la ao mesmo tempo? Pergunto ao meu gêmeo.

Pergunta estúpida.

Eu fico com a boca, digo a ele.

Por mim tudo bem.

— De joelhos, Darling — eu ordeno e ela obedece rapidamente, caindo no chão da floresta. Há muitas raízes expostas e nodosas nesta parte da floresta da Terra do Nunca, então conjuro um tapete macio de musgo embaixo de nós, e a Darling imediatamente suspira de alívio.

Vou até o carvalho mais próximo e sento-me entre as raízes grossas.

— Vem aqui, Darling putinha.

Com os olhos ainda vendados, ela fica de quatro e vem em minha direção. Eu pego meu pau e dou várias bombadas enquanto ela engatinha até mim. Estou hipnotizado por sua boca, seus lábios molhados, e, só de pensar em me enterrar em sua garganta, fico de rola inchada na mão.

Quando Winnie me alcança, tateia minhas pernas estendidas para se posicionar. Ela tem um cheiro divino, quente e excitada, como uma boa putinha.

— Abra a boca — eu lhe digo, e ela deixa cair o queixo. — Boa garota.

Agarro uma mecha de seus cabelos e a puxo sobre mim.

Assim que o calor de sua boca me envolve, fecho os olhos e balanço os quadris. Ela arrasta a língua pela parte inferior da minha pica, depois gira em torno da ponta, dando aquele trato na cabecinha.

— Puta que pariu — suspiro.

Meu irmão vem por trás da sua bunda arrebitada e, quando esfrega os dedos em seu clitóris, Winnie geme no meu pau.

— Se pudesse foder essa boquinha apertada todos os dias, eu seria um homem feliz. — Ela mergulha, engole meu pau e se engasga, levanta-se para respirar, depois desce de volta, a mãozinha enrolada no meu pau.

A pressão nas minhas bolas aumenta.

Kas se coloca entre as pernas dela e abre o zíper da calça. A Darling hesita quando antecipa ser penetrada por meu irmão.

— Não pare, Darling — eu lhe digo. — Não pare, porra.

Ela chupa mais rápido e, quando meu irmão mete na sua boceta molhada, ela geme alto.

— Porra, Darling... — Kas geme e soca com mais força, balançando-a para a frente.

Os seios dela balançam contra o tecido fino do seu vestido, e a fricção deixa os mamilos eriçados. Eu os acaricio, apenas uma provocação, e ela geme.

Kas se inclina para brincar com seu clitóris, e ela se levanta apenas o suficiente para respirar com força em volta da minha rola.

— Ah, ela gosta disso — digo a Kas.

— Eu adoro — ela diz.

— Darling, você está praticamente pingando nas minhas bolas. — Kas mete mais fundo, brincando com seu ponto mais sensível.

— Ai, caralho! — ela geme. — Merda!

— Vai gozar pra gente, Darling?

— Vou — ela diz ofegante. — Oh, nossa.

— Não pare! — eu mando, e ela me leva para o calor úmido de sua boca novamente, roubando todos os meus pensamentos, até que eu não seja nada além de uma corda retesada desesperada para relaxar.

— Caralho... caralho, Darling...

Kas move os quadris, penetrando-a em um ângulo diferente, e seus gemidos se transformam em pequenos miados frenéticos conforme Winnie chega cada vez mais perto do orgasmo.

Meu estômago se contrai e minhas bolas se apertam. Eu a empurro para baixo e gozo em sua garganta. Eu a seguro lá, desesperado pela liberação final e pelo alívio que ela traz.

E, por trás, meu gêmeo come Winnie sem dó, surrando sua boceta e levando-a ao próprio orgasmo.

Winnie geme desesperadamente em torno do meu eixo, rebolando loucamente, o corpo ficando tenso.

Por dois breves segundos, estou voando novamente entre as nuvens.

Por dois breves segundos, esqueço que existe perda e morte.

Nada mais importa, exceto o prazer que a boca de Darling me proporciona e o tremor do seu próprio prazer.

E, então, seus lábios saltam do meu pau e eu volto à terra, desapontado por já ter acabado.

Kas cai de costas no chão e pisca olhando para as estrelas, com suor escorrendo pela têmpora.

— Cara, eu precisava disso.

— Eu também. — Afundo no tronco da árvore.

Darling arranca a venda, fica de joelhos e passa as costas da mão sobre a boca.

— Eu gostei d...

Mãos se prendem sob seus braços e a levantam no ar.

— Ei! — ela grita e é puxada para o céu.

O Sombrio a encontrou.

20

WINNIE

VOAR NOS BRAÇOS DE PAN OU VANE É COMO ANDAR DE montanha-russa até o topo do circuito e, então, descer em uma queda livre radical. Exceto que com eles não há cinto de segurança.

— Vane! — eu grito e passo as pernas em volta de seus quadris, agarrando-me a ele.

— Você tava trepando, né, Darling? — ele pergunta, conforme as nuvens ficam mais espessas quanto mais alto voamos.

É bem tranquilo no céu crepuscular da Terra do Nunca. Mais frio também. Mas não quando tenho Vane por perto.

— Jogo é jogo — respondo.

Ele esfrega o pau duro na minha xana.

— Aposto que você tá toda melecada, né?

— Melecada e molhada.

Ele resmunga e, então, seu olhar se concentra em algo atrás de mim e, um segundo depois, sinto o peito de Peter Pan colando em minhas costas.

— Ah, você encontrou nossa Darling.

— Sim, dando que nem uma vagabunda para dois príncipes fae.

— Eles me fizeram gozar — provoco. — Mais do que você foi capaz de fazer.

Vane fecha a cara.

— Repita o que acabou de dizer, Darling.

— Eles me fizeram gozar. Você não!

Sei que estou brincando com fogo. Acho que acabei de acender o fósforo.

Pan arranca meu vestido e o joga no oceano lá embaixo. Cometo o erro de olhar, e a altura obscena me deixa imediatamente tonta.

Agarro-me a Vane com mais força. O terror agora é muito real.

— Nossa Darling quer agir como uma puta — diz Vane. — Será que devemos tratá-la como uma?

— Devemos.

— Esperem — eu digo.

— Não — diz Pan.

— Estamos muito alto.

— Então é melhor você se segurar.

Estamos tão alto que as nuvens literalmente flutuam ao nosso redor. Tão perto que juro que poderia estender a mão e pegar um punhado delas.

A cabeça do pau de Vane desliza pela minha racha molhada e cheia de porra, fodendo meu clitóris. Já estou excitada por ter gozado com os gêmeos. Tão sensível que me estremeço e escorrego pelos quadris de Vane.

— Não me deixe cair!

— Se segure com essas coxas, Darling — ordena Vane. — E comece a trepar.

Travo meus braços em volta de seu pescoço e deixo seu pau encontrar minha abertura; ele afunda.

Pan chega mais perto de mim.

— Vamos comer a Darling ao mesmo tempo.

— Acha que ela aguenta?

— Acho que ela não tem escolha.

Gemo no pescoço de Vane.

Pan se posiciona.

— Temos que começar a treiná-la — diz Vane. — Deixar nossa putinha mais frouxa. Esta vai doer, Darling. Mas tenho certeza de que você já sabe disso.

— Não consigo — digo a eles.

— Consegue, sim — Pan diz no meu ouvido.

— Eu te avisei, não avisei, Darling? — Vane agarra meu queixo e me obriga a olhar para ele, fitar aquele par de olhos negros brilhantes. — Eu te avisei que haveria punição.

Então, Pan coloca o pênis na entrada da minha vagina e, não sei como, Peter Pan e o Sombrio me penetram ao mesmo tempo.

21

WINNIE

Eles não estavam mentindo. Dói. Pra caralho. Sinto uma dor lancinante quando minha boceta é alargada pelos dois, preenchendo-me muito mais do que jamais fui preenchida.

Pelo menos já estou toda molhada, cheia da porra de Kas.

E estar no ar, praticamente sem peso, ajuda.

Pan grunhe enquanto luta para se acomodar dentro de mim, mas Vane tem o melhor ângulo e me empurra para baixo de seu pau. Com as mãos na minha bunda, ele me arreganha para os dois.

— Está doendo, Darling? — Pan me pergunta com a voz rouca.

— Está.

— Você gosta de ser tratada como uma puta?

— Gosto!

O calor tinge minhas bochechas quando admito. Pode estar doendo, mas há uma maré subindo na minha barriga que não posso negar. Uma batida vergonhosa no meu peito da qual não quero me livrar.

Eu gosto disso.

Gosto muito.

E aquela coisa escura dentro de mim está se deleitando.

Posso sentir sua satisfação com a mesma clareza com que pude ouvir o lobo falando comigo.

Tudo isso é maluco e, ao mesmo tempo, muito real.

Deixe-me entrar, a voz pede mais uma vez.

Deixe-me entrar.

Fico com a respiração presa na garganta, e os olhos de Vane se estreitam enquanto ele diminui o ritmo, fitando meu rosto, intrigado.

Ele também pode sentir.

Sei que pode.

E começo a achar que Peter Pan pode estar certo.

Sinto a Sombra da Morte como mil redemoinhos varrendo meu corpo. Uma reviravolta interminável e uma fome implacável.

Deixe-me entrar, ela pede novamente nos recônditos escuros de minha mente. *Vamos nos deleitar como uma só.*

Está bem, eu digo.

E a escuridão vem.

Meus nervos estão em frenesi. O ar está frio, mas minha pele queima e meus lábios se contraem em um sorriso diabólico.

Vane arregala os olhos:

— Mas que porra?

— Não pare! — eu ordeno, minha voz mais rouca que alguns minutos antes.

Sinto sua sombra se estendendo, desesperada para se conectar com algo que lhe é semelhante.

Seu pau engrossa dentro de mim.

— Você tem a sombra — ele me diz.

— Não pare — ordena Pan. — Será melhor para a sombra se deixarmos que ela tenha o que precisa.

— Sim, vem me foder, Sombrio. Faça de mim a sua vagabunda.

Vane rosna como se odiasse minhas palavras, mas seu pênis fica ainda mais duro, traindo seus sentimentos.

Somos todos filhos da depravação, criaturas degradadas até o âmago.

A excitação pulsa dentro de mim, e um pouco da dor diminui quando Pan e Vane voltam a me punir.

— Isso! — eu gemo e aperto Vane com mais força. — Isso, porra! — Levanto minhas pernas mais alto em seus quadris e engancho os tornozelos atrás dele para que eu possa me esfregar contra sua pélvis enquanto eles me fodem e voam mais alto para o céu escuro do crepúsculo.

— Abra mais as pernas dela — Pan ordena e Vane afunda os dedos na minha bunda para me alargar.

Peter passa a mão pela minha garganta e puxa minha cabeça para trás.

— Goze para nós, Darling. Seu rei está mandando.

Eu me ajeito e encontro o ponto ideal para esfregar meu grelo contra Vane. A pressão aumenta mais lentamente desta vez. É a subida lenta da montanha-russa. O prazer está aumentando, aumentando. Respiro fundo e fecho os olhos, enquanto Pan e Vane me estouram com seus pênis.

— Vá em frente, Win — diz Vane com uma voz estrondosa que reverbera em seu peito. — Mergulhe em nossos paus.

Não acho que eles estejam me comendo tanto quanto eu estou comendo os dois agora. Eu me perco no atrito crescente entre mim e Vane, na pulsação elétrica em meu clitóris, no poder de foder os dois ao mesmo tempo.

E o clímax me persegue, fica cada vez mais perto, todos os meus nervos entram em êxtase.

— Porra! — grito quando o prazer explode em mim, e Pan e Vane continuam metendo, juntos, Pan goza, e, logo em seguida, Vane, ambos gemendo alto, animalescos, os dois me enchendo com seu esperma.

Um vento forte sopra, esfriando um pouco do suor na minha nuca enquanto várias respirações rápidas me escapam e os músculos dos meus braços e das minhas pernas estremecem com os tremores secundários.

A coisa escura é apaziguada, saciada, e agarro-me a Vane com Pan protegendo as minhas costas, mantendo o ar mais frio do crepúsculo longe da minha nudez.

Pan é o primeiro a deslizar para fora de mim, e sinto uma dor aguda e latejante na xaninha.

Vane é o próximo, mas eu continuo me abraçando a ele, enterrando o rosto na curva de seu pescoço.

Não quero soltar.

Em primeiro lugar, porque ainda estamos a centenas de metros de altura, em meio às nuvens, e em segundo... porque não quero soltá-lo.

— Por que não me contou? — ele pergunta a Pan enquanto passa o braço em volta da minha cintura e me puxa para perto, aninhando-me contra si.

O calor de Peter Pan desaparece quando ele começa a voar de volta para casa.

— Acabei de descobrir.

— Win? — Vane me pergunta.

— Ela também não sabia — diz Pan.

— Como isso aconteceu?

Minha voz está abafada em seu pescoço quando respondo:

— Não consigo me lembrar.

— É melhor a levarmos de volta. — A voz de Pan está mais distante. — Vamos mantê-la aquecida.

— Segure-se em mim, Win — diz Vane.

Mantenho meus braços firmemente presos em volta de seu pescoço enquanto ele fica paralelo à terra e nos leva de volta para a casa da árvore.

Todos os quatro me paparicam quando estamos juntos novamente.

Kas me traz roupas limpas e um suéter quente. Bash prepara um prato de panquecas de amoras silvestres e, depois, rega a pilha com xarope de bordo fresco. Estou me empanturrando com a delícia quando Vane me serve uma bebida, mas só uma pequena dose, que, como ele diz, é para o "meu próprio bem".

Pan me prepara uma xícara de café fresco para suavizar o álcool.

É Peter quem conta aos gêmeos o que descobrimos, mas percebo que ele deixa de fora a parte em que eu supostamente ataquei o irmão de Vane.

Não quero nem pensar na possibilidade de tê-lo matado.

Não é possível.

Certo?

— Então Winnie Darling tem a Sombra da Morte da Terra do Nunca... — Bash sorri para mim. — Estou orgulhoso de você, garota.

— Não, não estamos orgulhosos dela — argumenta Vane. — A porra dessa sombra vai matá-la se não conseguirmos retirá-la de Winnie.

— Vai mesmo? — pergunto, aquecendo minhas mãos com a caneca quente de café. — Não sinto que ela faria isso.

— Você está doente desde que voltamos para casa — Pan ressalta. — Portanto, não está fora de questão que a sombra acabe causando danos irreparáveis.

E só então me ocorre…

— A Smee sabia — digo.

Todos os meninos olham para mim.

— Ela disse algo sobre vocês serem um bando de idiotas que não conseguem enxergar o poder nem quando está bem debaixo do nariz. Só estou parafraseando — acrescento com um sorriso malicioso.

— É claro que ela sabia e escondeu de mim! — Pan bufa. — Maldita Smee!

— Na verdade, ela não tinha obrigação alguma de ser honesta — ressalta Kas. — Tecnicamente, ela não é nossa aliada, e nós a sequestramos uma vez.

Vane acende um cigarro e dá uma longa tragada. Depois de soprar a fumaça, ele acrescenta:

— Decerto era do interesse dela deixar a Sombra da Morte nos surpreender.

— Então, como vamos tirar a sombra de mim? — eu pergunto e, assim que as palavras saem da minha boca, posso sentir a discordância da sombra.

Kas passa os dedos pelos cabelos para prendê-los em um coque.

— Como nossa mãe capturou a sua? — ele pergunta a Pan. — Nunca nos contaram a história.

Pan se apoia no balcão da cozinha entre Kas e Vane.

Meu Deus, como eles são lindos. Como estátuas de mármore e obsidiana esculpidas com ângulos tão afiados que são capazes de cortar.

E eu sangraria por qualquer um deles a qualquer momento.

Do cômodo ao lado, ouço o agora familiar som das unhas do lobo batendo no chão de madeira e, um segundo depois, ele entra no loft.

— Onde você esteve? — Bash pergunta.

— Ele disse que estava caçando — respondo.

— Ah, bom! E pegou alguma coisa? — Kas coloca alguns fios soltos de cabelo atrás da orelha.

— Lebres, eu acho?

— Bom trabalho, Balder. — Bash se ajoelha na frente do lobo e lhe dá uma coçadinha atrás das orelhas.

O animal praticamente geme de alegria.

— O nome dele é Balder? — pergunto.

Kas se senta no balcão e pega um punhado das amoras que sobraram.

— Achamos que sim. Certa vez tivemos um lobo chamado Balder e ele...

O lobo faz um barulho e abana o rabo.

— Peraí — diz Pan, estreitando os olhos. — O lobo de vocês não tinha acabado morto na lagoa?

— Tinha. — Bash se endireita e volta para o seu prato de panquecas, pegando um enorme bocado.

— A lagoa o ressuscitou? — Pan pergunta.

— Acho que sim? — Kas abocanha outra fruta, então pega uma entre os dedos e gesticula para que eu abra a boca. E eu abro, porque gosto de qualquer jogo, principalmente com Kas. Ele mira e joga a amora, que eu pego facilmente. É rechonchuda e suculenta, explodindo entre meus dentes.

Vane encara Pan.

— O que foi? Posso sentir sua ansiedade.

— Não gosto que a lagoa traga os mortos de volta à vida, só isso. — Ele se afasta do balcão, vai até o armário em frente à ilha da cozinha e pega uma garrafa de uísque. É tão antiga que o rótulo está escrito à mão, o papel enrolado nas bordas.

Ele tira a rolha e toma um gole direto da garrafa.

A carranca de Vane se aprofunda.

— E, então, como podemos remover a Sombra da Morte da Darling? — Kas pergunta.

— Talvez a melhor pergunta seja: como ela conseguiu a sombra? — Vane diz.

Todos olham para mim, até Peter Pan.

— Eu... bem...

Todas as minhas lembranças depois dos piratas na casa da árvore estão muito turvas. Lembro-me claramente, porém, de Cherry me pedindo ajuda e então...

Oh, não.

— O que foi? — Vane se adianta. — Você está com uma expressão esquisita.

Oh, não, não, Cherry!

— Fale logo, Win — diz Vane, seu brilhante olho violeta examinando meu rosto.

Não quero contar para ele.

Vane vai perder a porra da cabeça.

Fecho os olhos e tento evocar as memórias exatas, as palavras exatas, a expressão exata no rosto de Cherry...

Ela disse que um periquito estava preso em seu quarto e pediu ajuda para tirá-lo de lá, e eu fiquei em dúvida porque Vane tinha me mandado ir para a tumba de Pan. Mas me senti mal por ela, porque já tinha lhe roubado Vane e os gêmeos.

Assim, desci para o térreo e segui pelo corredor até o quarto dela, e então...

Ela me empurrou para dentro.

Uma pontada do pânico que senti na ocasião retorna.

A sombra estava revoando frenética pelo quarto, e eu podia sentir seu terror e sua fome.

Até que ela ficou imóvel de repente e pude senti-la me avaliando.

E, então, ela se lançou sobre mim.

— Winnie — Vane me chama novamente, desta vez com mais comando em sua voz.

E a coisa sombria percebe. Praticamente se abre toda para ele.

Conte para ele, ela diz. *Conte a verdade para todos eles. Eles vão matar a garota e, assim, terão provado sua lealdade para conosco.*

Eu não quero fazer isso, respondo.

Ah, não?

Não consigo mais dizer se a pontada escura de excitação que brota em minhas entranhas é minha ou da sombra.

— Foi Cherry — respondo. — Cherry me trancou no quarto dela com a sombra.

22

GANCHO

NÃO CONSIGO TIRAR OS OLHOS DELE.

O maldito Crocodilo está na minha casa, porra.

Seus cabelos escuros estão desgrenhados, o que o deixa com a aparência do canalha depravado que ele é.

Ainda está pálido por causa da perda de sangue, mas suas feridas já estão cicatrizando.

Sempre soube que ele não era humano. Mais fera que homem.

Está deitado na cama do meu quarto de hóspedes, com o braço estendido sobre a cintura. Ele está de frente para o teto, então posso ver o contorno nítido de seu perfil, a linha de seu nariz, uma ligeira reentrância logo antes da ponta.

E, então, sua boca.

É uma boca que sabe dobrar as coisas à sua vontade.

Quando trago meu olhar de volta, endireito-me abruptamente ao ver seus olhos abertos, e a cadeira de madeira em que estou sentado dá um rangido alto, fazendo o Crocodilo virar a cabeça para mim.

— Capitão — diz ele, com a voz grossa e rouca.

Saco minha pistola, puxo o gatilho para trás e aponto-a para ele. Sinto-me melhor sabendo que posso atirar nele a qualquer instante.

Exceto que ele ri de mim. Malditas risadas.

Felizmente, a risada se transforma em uma tosse longa e seca.

— Água, capitão.

— Vá se foder.

Ele lambe os lábios.

— Pode ser seu sangue então.

Não há nada que eu odeie mais que ver meu próprio sangue.

E acho que ele sabe disso.

Vou até a jarra na cômoda e encho um copo.

De costas para Roc, os pelos da minha nuca se arrepiam, e preciso de todas as minhas forças para não tremer visivelmente.

— Posso ouvir seu coração disparado — ele me diz.

Cerro os dentes e me viro para encará-lo, com o copo na mão.

— Estou animado com a perspectiva de te assassinar.

Ele escarnece e se senta na cama, apoiando as costas na cabeceira.

O lençol desliza e revela seu torso.

Smee tirou a maior parte de suas roupas para avaliar melhor os ferimentos.

Não tínhamos nada que servia para ele quando terminamos. O Crocodilo é magro na cintura e volumoso nos ombros. Meus homens são preguiçosos, relaxados e rechonchudos.

Eu me demoro observando seu abdome firme e os músculos fortemente compactos.

Ele me pega olhando e arqueia sugestivamente uma sobrancelha, e eu jogo a água em seu rosto.

— Agora comece a falar. — Eu lhe dou o copo e caio de volta na cadeira.

Ele leva o copo à boca e o vira, bebendo o líquido em três grandes goles.

Seu pomo de adão afunda em sua garganta e faz com que a boca de crocodilo tatuada em seu pescoço se mova como uma boca de verdade.

Engulo em seco.

Ele respira aliviado quando o copo está vazio.

Quero matá-lo.

Vou matá-lo.

Assim que eu souber o que está acontecendo na Terra do Nunca. Faz muito tempo que não há combates diretos, mas qualquer pessoa que se preze provavelmente sentiu a mudança nos ventos.

A Terra do Nunca — o coração da ilha — é um caldeirão em ebulição.

Ainda segurando o copo, o Crocodilo me encara.

Como inimigos, suponho que ele queira manter seus segredos bem guardados e eu os sinto ali, escondidos atrás de seus incisivos afiados.

Todavia, ele está à minha mercê, então precisa me dar alguma coisa antes que eu meta uma bala entre seus olhos.

— Winnie Darling tem a Sombra da Morte da Terra do Nunca — ele me diz. — Ela matou metade da família real Remaldi em uma taverna da cidade. Os Remaldi estavam aqui para recuperar a sombra do meu irmão. Fomos convidados pela rainha fae que, eu suspeito, quer todos os homens desta ilha mortos ou subservientes, incluindo os seus.

Bem... recebi mais do que barganhei. Mais do que imaginei que ele me daria.

Será que acredito?

Digam o que quiserem sobre o Crocodilo: ele pode ser brutal, impiedoso e cruel, mas não me parece um mentiroso.

É orgulhoso demais para isso.

Então uma Darling tem a sombra? Como diabos isso aconteceu?

— Qual foi o motivo da briga? — Quero saber. — Você não é mais leal a Vane do que à realeza?

Roc cerra os dentes e mostra o primeiro sinal de emoção desde que chegou à minha porta.

— A princesa era minha — diz ele. — E a Darling a matou.

— Você é uma besta que não tem capacidade de amar — zombo.

— E quando eu falei em "amor", capitão? Eu disse que ela era minha. Há uma diferença.

Meu braço dói logo abaixo do punho, onde meu gancho assume o controle.

Aquela ferida velha e purulenta, aquela que não é visível, aquela que é um fantasma da memória e da dor, lateja novamente.

— É isso que ela era para você? Uma posse? — Seguro meu gancho. — Foi por isso que você devorou minha mão? Porque eu toquei na sua *propriedade*?

— E por que mais? — ele devolve a pergunta.

Passo a língua pela parte interna do lábio inferior, debatendo onde devo infligir o ferimento mortal. No intestino lhe causaria mais dor. Mas no pinto o faria uivar.

— Eu sabia que você não a amava. Ela era boa demais para você. Você só queria possuir a linda garota Darling e degradá-la com sua imundice.

O Crocodilo ri e balança a cabeça.

— Você viu em Wendy Darling o que ela queria que você visse. E foi por isso que gostei dela. Porque era inteligente o suficiente para saber disso e cruel o bastante para te fazer acreditar.

A ferida purulenta se transforma em raiva e, antes que eu possa pensar melhor, já estou investindo contra ele.

Pressiono a ponta afiada de meu gancho em sua garganta, onde seu coração pulsa sob a pele pálida. Ele fica perfeitamente imóvel.

— Diga isso mais uma vez e rasgo sua garganta.

Ele sorri para mim.

— Você pode até tentar. — O Crocodilo sorrateiramente traz o pé até meu esterno e me empurra para trás.

Quando me dou conta, já estou batendo contra a cômoda, quase derrubando a jarra de água.

O Crocodilo levanta-se da cama, e sua calça, agora sem cinto, está larga em seus quadris.

— Você é uma besta incivilizada.

— Se acha isso bestial, espere até meu tempo acabar.

— Que merda está dizendo?

— Eu não sei, capitão. Cadê meu relógio? Vá buscá-lo e direi quanto tempo você tem antes de descobrir.

— Não estou com seu relógio. E, se você tivesse chegado com um, eu já o teria partido em mil pedaços.

Odeio o som de relógios desde que ele lacerou minha mão.

Roc olha para a janela aberta.

— Ora, ora, isso não é nada bom.

— O quê? O que não é bom?

— Preciso do seu sangue, capitão.

— Absolutamente não.

— Será melhor se você agir voluntariamente.

Puxo minha pistola mais uma vez. Estou cansado de andar em círculos. Simplesmente, eu deveria matá-lo e acabar com isso de uma vez. Pôr um fim em meu pesadelo e, enfim, seguir adiante.

Ouvimos o clique quando eu destravo a arma.

— Eu não faria isso, capitão — ele avisa.

— Ou o quê?

Ele corre para a frente. Eu puxo o gatilho. A pistola dispara um som retumbante e a bala de chumbo atinge a janela do outro lado do quarto.

O Crocodilo se atraca comigo, batemos na parede e a pistola escorrega da minha mão enquanto ele tenta me imobilizar.

— Você realmente ia atirar em mim? — ele pergunta, um sorriso levantando o canto de sua boca.

— Como se alguma vez deixei dúvidas de que te queria morto.

Dou uma joelhada nas suas bolas.

Ele perde o ar e cai no chão, ficando com o rosto vermelho.

— Caramba, capitão — ele diz, com a voz afetada. — Se me queria de joelhos, era só pedir.

— Quer calar a boca?

— Na verdade, não — ele responde.

Smee entra correndo no quarto, olha para o Crocodilo e depois para mim.

— O que aconteceu?

Passo a mão pelo cabelo, ajeitando-o.

— Um desentendimento.

— Preciso de sangue — diz o Crocodilo. — Smee, você sabe o que quero dizer com isso, não é?

Olho para ela, na esperança de detectar a descrença abjeta por ter sido envolvida em seu ardil. Mas não vejo tal sentimento no rosto de Smee.

— Você sabe o que ele é?

— Sei o que ele pode ser.

— E não me contou?!

— Era uma teoria em andamento, Jas. — Smee volta para o corredor e chama um dos piratas. É Daniel quem vem arrastando os pés pelo corredor. Ele está meio bêbado e meio dormindo.

Smee aponta para o Crocodilo.

— Dê seu punho para ele.

— Prefiro-os sóbrios — diz o Crocodilo.

— Isso aqui não é um menu de jantar — eu lhe digo.

Como Daniel sabe que não deve discutir ordens, vai até o Crocodilo e lhe estende o braço.

As pupilas de Roc faíscam em meio ao amarelo brilhante de suas íris.

Desta vez, não consigo conter o arrepio que toma conta de mim.

Ele se levanta e se eleva alguns centímetros acima de Daniel. Quando envolve as mãos no antebraço que o pirata lhe oferece, uma chama acende em minhas entranhas.

— O que ele é? — pergunto a Smee.

— Ele é membro da Sociedade dos Ossos, não é mesmo?

O Crocodilo passa a língua pelos incisivos afiados:

— Talvez.

Já ouvi falar da Sociedade dos Ossos e, como odeio o tique-taque dos relógios, evito automaticamente qualquer menção e ocorrência deles.

Todos os relógios nas ilhas foram fabricados pela Sociedade. Cada um deles.

— Diga a Jas por que você precisa ficar atento ao tempo — Smee insiste.

O Crocodilo me dá um sorriso diabólico, com dentes afiados e olhos brilhantes.

— Porque, quando o tempo acabar, se eu ainda não tiver feito minha refeição, viro uma besta-fera que devora tudo no caminho.

— Meu Deus... — Eu me encosto na cômoda.

— O *meu* deus é o tempo, capitão. Tique-taque. Tique-taque. Essa é a minha oração. Todo segundo. De todos os dias.

E, então, ele afunda as presas afiadas no punho de Daniel e bebe até se fartar.

Não consigo assistir. Sinto um aperto no peito e um mal-estar visceral que não consigo ignorar.

Lamentável.

Lamentável.

Posso ouvir a voz do meu pai ecoando na minha cabeça. Não consigo mais evocar a imagem de seu rosto, mas ainda posso me lembrar da sensação de ser a fonte de seu desapontamento.

Como se eu não valesse nada.

Às vezes me pergunto se minha mãe me deu à luz e meu pai olhou para mim em seus braços e disse:

— Lamentável, Elizabeth. De fato, lamentável.

Sou dono do meu nariz agora, mas, quando penso em meu pai, ainda sou um garotinho que falha constantemente perante ele.

Vou até o bar na frente da casa e me sirvo de uma dose generosa de rum.

Sinto a ardência descendo pela minha garganta, mas não alivia em nada o frio em minhas veias.

Sirvo-me uma segunda dose e acendo um charuto que seguro entre os dentes, enquanto vou para a varanda com vista para a baía.

O luar tingiu de prata as águas tranquilas. Meu navio oscila docemente com as marolas.

Quero sair.

Não, não é bem isso.

Quero *correr*.

Em vez disso, sento-me em uma das cadeiras de madeira feitas à mão e equilibro o copo no braço.

Ele me encontra alguns minutos depois, acende um cigarro e se senta na cadeira ao meu lado.

— Por que mantê-la sob controle? — eu lhe pergunto. — Por que não deixa a fera escapar e destruir Peter Pan, se é isso o que você quer? Leve seu irmão para casa. É por isso que está aqui, não é? A rainha fae te chamou à Terra do Nunca e a realeza quer recuperar a Sombra da Morte, mas você veio pelo seu irmão.

— É essa a sua teoria? — Ele me observa com uma pitada de curiosidade entre as sobrancelhas escuras.

Eu não digo nada e ele não diz nada, e isso diz tudo.

Percebo que nós dois temos mais em comum do que poderia imaginar. Ele quer Vane de volta. Eu quero Cherry. E ambos escolheram outros em vez de nós. Talvez porque fizemos o mesmo com eles no passado.

Depois de um longo silêncio, ele diz:

— Há um custo.

Um custo para se tornar a fera.

— Que tipo de custo?

Roc encosta a cabeça na cadeira e se vira para mim. Mas o luar está às suas costas, então perco seu rosto de vista em meio à sombra e meus braços ficam arrepiados.

— Como se eu fosse lhe contar minha fraqueza, capitão.

Solto um suspiro exasperado.

— Como quiser.

Tenho plena consciência do espaço entre nós, do espaço que ele ocupa.

Ele é meu arqui-inimigo, a razão pela qual tenho um gancho na mão.

Eu o quero morto.

Não quero?

— Se eu fosse você, capitão — ele continua —, traria sua irmã de volta para casa. Sem demora.

Enrolo o charuto na língua, saboreando o tabaco doce.

— Você a viu?

— Vi.

— E?

— E tem algo errado com ela.

Eu me sento mais adiante na cadeira.

— O que quer dizer?

— As bestas podem farejar o medo, e sua irmã está apavorada.

Estou de pé em um segundo.

— Smee! — eu chamo.

— Capitão?

Paro na soleira da porta para olhar para ele.

— Diga a Smee para ter cuidado com meu irmão. Diga a ela para ter cuidado com todos eles.

23

CHERRY

MINHA MALA ESTÁ PRONTA.

Não faz sentido nem dizer adeus. Afinal, nenhum deles sentirá minha falta.

Dou uma última olhada em meu quarto. Não há nada aqui que represente quem eu sou. Acho que já faz tanto tempo que não tenho algo que é de fato meu que não consigo mais identificar quem sou eu além do meu irmão e dos Garotos Perdidos.

Não quero ir embora da casa da árvore, e a simples ideia de finalmente desistir de Vane me revira o estômago, só que não resta mais nada para mim aqui.

E não sei se resta algo para mim na Terra do Nunca.

Apago a luz, saio do quarto e fecho a porta atrás de mim. No fundo do corredor, uma sombra escura bloqueia a luz que vem do saguão de entrada, e sei que é Vane, embora não consiga distinguir o rosto.

Eu o reconheço porque o reconheceria em qualquer lugar.

E porque meu corpo é imprudente e estúpido, sinto um frio na barriga e meu coração dá um pulo na garganta.

Meu coração está animado para vê-lo, mas meu cérebro está gritando CORRA.

O terror floresce tão opressivo que tenho a impressão de que vai quebrar minhas costelas.

— Vane — começo, mas, quando ele passa por um ponto de luz lançado por uma das luminárias, vejo a expressão em seu rosto e sei... eu *sei*.

Em menos de um segundo, ele vem para cima de mim e sai me arrastando pelos cabelos.

Uma dor intensa atravessa meu couro cabeludo. Tropeço nos meus próprios pés, tentando acompanhá-lo.

— Vane, por favor — imploro, embora ele não tenha dito uma palavra sequer.

Atravessando o saguão de entrada, ele me puxa até a porta da frente e abre-a com violência.

Os demais assistem da escada em caracol. Ninguém impede Vane. Ninguém se importa.

Acho que nunca se importaram.

Eu me sinto um lixo.

Antes que Vane possa me levar além da soleira, tropeço, tomada pelo meu próprio pânico, e caio de bunda.

Estou de frente para a escada agora, com os cabelos enrolados nas mãos de Vane, e vejo Winnie lá no topo. Sua expressão não entrega qualquer indício do que ela está pensando, qualquer indício da sombra que a mantém como refém.

Mas sei que todos eles sabem.

Não tenho como escapar dessa.

— Não era minha intenção — digo, com a voz embargada, enquanto Vane me arrasta pela soleira e me puxa degraus abaixo, e vou batendo o quadril nas arestas agudas. Seguro seu punho, tentando aliviar um pouco da pressão nos meus cabelos.

Quando caio no chão, a poeira sobe ao nosso redor e gruda nos meus dentes.

O cascalho é triturado sob suas botas enquanto arranha minha pele.

Tento ficar de pé, mas não adianta. Ele é impaciente e forte demais para lutar.

Sinto uma dor horrível quando vários tufos de cabelo são arrancados da minha cabeça.

Quando chegamos à bifurcação do caminho, Vane me joga no chão, dá um passo para trás e vira o rosto para o céu crepuscular, embora com os olhos fechados. Ele respira fundo.

O sangue está começando a escorrer dos arranhões nas minhas panturrilhas, mas a dor é distante agora, enquanto o medo toma conta e a adrenalina bombeia em minhas veias.

Eu me esforço para ficar de pé. As lágrimas turvam minha visão, transformando Vane em uma mancha escura no meio da noite.

— Você tem que acreditar em mim. Eu não sabia o que aconteceria.

Não estou mentindo, não exatamente.

Eu não sabia que a sombra possuiria Winnie. Achei que a mataria. O que é muito pior.

E acho que ele sabe exatamente o que eu pretendia.

E acho, também, que nunca o vi tão bravo como está agora.

Meu estômago se revira, e todas as borboletas desaparecem.

Cerrando os dentes, Vane pega um cigarro e coloca o filtro escuro entre os lábios. Seu isqueiro reluz sob o luar um segundo depois e a tampa é aberta.

A chama confere a ele uma aura dourada quando leva a ponta do cigarro à boca e fuma.

Ele fecha o isqueiro com um estalo definitivo.

Está com raiva de mim. Eu só queria que ele me amasse e não sei como desfazer isso.

Maldita Winnie.

Por que ela tinha de ser... bem... tão amável, droga?

Mesmo agora, não quero odiá-la. Queria que ela fosse minha amiga. Eu queria pertencer ao grupo. Queria...

Meu queixo treme com a ameaça das lágrimas.

Queria que Vane me amasse mais que tudo no mundo.

Winnie o conquistou, e eu não.

Na floresta, os lobos uivam e os grilos trinam, e, aqui, na bifurcação da trilha, meu corpo treme.

Vane tira o cigarro e solta uma baforada de fumaça.

— Eu sinto muito — digo mais uma vez, em um fiapo de voz.

— Sei que sente, Cherry.

Meu coração se parte ao ouvir o arrependimento em sua voz.

— Eu não... não queria... — Vane dá mais tragadas no cigarro e me observa com aqueles olhos desiguais. — Diga-me o que fazer e eu faço. Só, por favor... — Tento tocá-lo, mas ele se desvia.

— Quer saber o que fazer? — O cigarro pende de seus dedos, brilhando no escuro. A noite tem perfume de madressilva, tabaco queimado e do cheiro de Vane.

Diga-me o que fazer.

Estou tão desesperada por seu perdão que sou capaz de fazer qualquer coisa.

— Comece a correr — ele me diz.

Eu engulo um soluço e recuo vacilante conforme seu olho violeta fica preto e seus cabelos ficam brancos.

— Comece a correr, Cherry. Porque eu vou te matar.

24

CHERRY

COMEÇO A CORRER.

Não me resta mais nada além de correr.

Mas minha constituição não me permite ir mais rápido que o Sombrio e nem a pau aguento lutar contra ele.

Pego a trilha que leva para longe da casa da árvore, meu coração martelando tão forte em meus ouvidos que meus tímpanos estão zumbindo.

Posso ouvir seus passos atrás de mim.

Seu terror, o terror da Sombra da Morte, invade-me como um veneno. Estou nauseada, desesperada e mais sozinha do que nunca.

Não tenho como fugir dele.

Será que vai doer quando ele me matar?

Chego à estrada principal e viro em direção ao território de James, para o único lugar que posso chamar de lar.

E, assim que viro a esquina onde o caminho se bifurca, outra sombra vem correndo à minha frente, em minha direção.

Meu cérebro não está funcionando — está inundado de adrenalina para entender o que é aquilo.

Mas a voz que grita comigo é uma que eu conheço.

— Abaixe-se! — Smee grita.

Ela dá uma guinada repentina na lateral da estrada, ligeira como um raio, e salta sobre uma grande pedra, impulsionando-se no ar.

Eu derrapo no cascalho e caio no chão enquanto ela passa por cima de mim, com a adaga em punho, a lâmina refletindo o luar.

Rolando de joelhos, viro-me no último segundo e vejo quando ela crava a lâmina no peito de Vane.

O estalo hediondo de um osso quebrando rasga a noite.

— Não! — eu grito e me levanto. — Smee, não!

Os olhos de Vane estão pretos, os cabelos brancos, mas há dor estampada em seu semblante quando ele passa as mãos ao redor da lâmina, o sangue escorrendo das palmas das mãos e de seu peito.

— Ela é *irmã* de alguém — diz Smee e se inclina sobre o cabo, enfiando a lâmina mais fundo.

No escuro da noite, as runas talhadas no metal pulsam, luminosas.

— Você, melhor que ninguém, deveria ter pensado nisso, Sombrio — acrescenta Smee enquanto ele se engasga com o próprio sangue.

— Smee, por favor! — Eu agarro seu braço. — Por favor, não o mate.

Ela me encara.

— Por favor.

Smee puxa a lâmina enquanto os outros aparecem no topo da colina.

— Vane! — Winnie grita.

Smee ignora o sangue que escorre de sua adaga e a enfia de volta na bainha.

— Vá! — ela me diz e me empurra para a estrada, colocando-se entre mim e o restante deles.

Começo a andar, mas não posso deixar de olhar para trás, para Vane, enquanto me afasto cambaleando.

O sangue escorrendo de seu ferimento e a surpresa em seu rosto.

O Sombrio pensava que fosse invencível.

Acho que todos nós também pensávamos.

Ele cai de joelhos, segurando o peito, e, embora ele tenha acabado de tentar me caçar, como se eu fosse um animal, não consigo afastar o medo de que ele possa morrer e de que será assim que me verá pela última vez — uma garota aterrorizada que o traiu e o deixou para morrer.

Quero ajudá-lo, mas acho que sou a última pessoa que ele quer por perto.

Posso quase sentir sua repulsa.

— Vá! — Smee grita de novo e me empurra.

Desta vez, corro e não olho para trás.

25

KAS

— Levantem-no! — Pan grita.

Passo um dos braços de Vane em volta do meu ombro enquanto Pan segura o outro. O Sombrio é praticamente um peso morto e mal consegue ficar de pé.

Tem sangue por toda parte.

— Vane! — a Darling grita de novo e Bash a detém, puxando-a para trás, tentando impedir que ela nos atrapalhe.

O ar tem cheiro de violência e arrependimento.

Nós o levamos para dentro de casa, subimos as escadas até o loft e o deitamos no sofá.

Ele está apático e pálido. Um braço caído ao lado do corpo e os olhos baços.

— Ele precisa ficar bem! — a Darling diz e bate as mãozinhas fechadas na camisa de Bash. — Deem um jeito nisso!

— Estamos tentando, Darling — diz meu irmão. — Acalme-se.

— Me acalmar? *Me acalmar*?! — Ela vem até o sofá e se inclina sobre o encosto. — Ele não tem o poder de cura? Por que está tão pálido? Por que não está se curando?

Pan corta a camisa de Vane para revelar uma grande ferida aberta logo abaixo de seu coração.

— Panos! — ele ordena. — Molhados. Agora!

Corro para a cozinha, com as mãos no piloto automático.

Por que diabos Vane não está se curando?

De todos na ilha, suponho que seja Smee quem poderia saber como derrotar o Sombrio. Mas por que diabos esperaria até agora para fazer isso?

Bem, fomos nós que lhe prometemos que levaríamos Cherry de volta e mentimos.

Não honramos nossa palavra, todos nós.

Se Smee tivesse chegado alguns minutos depois...

Ou alguns minutos antes, nesse caso.

O que levanta a questão: por que ela estava lá?

Quando volto para o loft, Vane mal respira. A Darling está sentada no chão ao seu lado, segurando a mão dele, os olhos vidrados com lágrimas não derramadas.

— Vane — Pan chama e dá um tapa nele. — Vamos lá, cara, acorde.

Entrego um dos panos molhados ao meu irmão e começamos a limpar o ferimento para ver com o que estamos lidando.

Nani nos ensinou muito sobre cura, mas nosso trabalho medicinal girava em torno das fadas. Os unguentos eram os remédios favoritos de Nani, mas não creio que um pouco de gosma de fada vá curar essa ferida.

Bash e eu nos entreolhamos quando averiguamos o estado de Vane.

A ferida tem bordas pretas, e há uma substância escura vazando dela, algo diferente de sangue.

Se eu não tivesse lá minhas dúvidas, diria que é a Sombra da Morte. É arejada como a espuma do oceano, mas escura como a sombra.

Isso não é nada bom, diz Bash.

Eu sei.

— Ei! — Pan nos chama e estala os dedos. — Falem comigo. Digam-me o que está acontecendo.

— Honestamente? — Bash se senta no chão. — Isso é sem precedentes, até mesmo para nós.

— Você tem a sombra — a Darling diz a Pan. — Não pode curá-lo?

— Não funciona assim. — Ele encara Vane esparramado no sofá. — Além disso, posso sentir a sombra dele me afastando.

A Darling leva a mão de Vane à boca e dá um beijo suave nos nós dos dedos ensanguentados, enquanto lágrimas finalmente escorrem por suas bochechas.

— Então o que vamos fazer?

Meu gêmeo encontra meu olhar às costas de Pan. *O Sombrio pode morrer?*

Qualquer um pode morrer. Até Peter Pan.

Pan e a Darling não vão deixá-lo ir tão facilmente, diz Bash.

E nós também não.

Balder entra na sala, vai até a Darling e se aninha nela, apoiando o queixo em seu ombro. Um gemido suave ecoa no fundo de sua garganta, e a Darling chora ainda mais.

— Ele vai ficar bem, Darling. Vamos dar um jeito nisso — Pan diz enquanto enxuga uma de suas lágrimas. — Está me escutando?

— Promete?

Pan hesita antes de responder. Até ele sabe que não pode prometer isso.

Mas promete mesmo assim, porque acho que ele precisa acreditar tanto quanto a Darling.

Ninguém quer que Vane morra.

Estou começando a me dar conta de que todos nós morreríamos uns pelos outros.

Quando foi que isso aconteceu?

Quando foi que, de repente, comecei a nutrir mais lealdade e fidelidade a esta família díspar do que à minha própria, de carne e sangue?

Sinto, no entanto, a exatidão deste sentimento pulsando no centro do meu peito com uma batida selvagem.

Balder levanta a cabeça e me fita intensamente, piscando os brilhantes olhos azuis.

Você encontra o que precisa quando mais precisa.

Nani adorava dizer isso para nós quando éramos meninos, e não sei se estou apenas evocando as palavras dela ou se Balder realmente as está recitando na minha cabeça.

E a ilha te oferece o que você precisa quando mais precisa.

Contemplo o lobo novamente. A semelhança com o Balder original é desconcertante. Não queria acreditar que era ele mesmo, que a ilha pudesse fazer algo tão profundo como trazer alguém de volta à vida.

E, ainda assim, aqui está ele.

A cauda de Balder bate ruidosamente atrás dele.

— Levem-no para a lagoa — eu digo.

Pan olha para mim.

— A lagoa. Agora.

Winnie se levanta.

— Sim. Ele ama a lagoa e a lagoa o ama. Você mesmo disse, Pan, as águas podem ser curativas.

— Sim, mas também podem ser inconstantes. Pergunte aos gêmeos.

Bash e eu damos de ombros.

— A esta altura, vale a pena o risco, não é? — Bash diz.

Pan se senta e apoia os braços sobre os joelhos, tentando pensar.

Ele sabe que estamos ficando sem opções.

Mas sempre foi cauteloso em relação à lagoa.

— Está bem — Pan resmunga. — Levantem-no novamente.

Desta vez, Bash e eu pegamos cada um dos braços de Vane e passamos em volta de nossos ombros. Ele está completamente inconsciente agora e não há como nos ajudar, então suas pernas se arrastam quando saímos da casa e pegamos o caminho de terra pela floresta.

A chuva começa a cair quando levamos Vane para a prainha, gotas grossas e gordas caindo de nuvens escuras e rodopiantes.

É quase como se a ilha combinasse com nosso humor sombrio.

Quando chegamos à beira da água, Bash e eu continuamos a arrastá-lo, mas a Darling nos interrompe.

— Eu vou levá-lo — ela diz e, quando a encaro, vejo a escuridão se contorcendo ao redor de seus olhos, ansiosa para assumir o controle.

— Darling — começa Pan —, não acho que isso seja tão...

— Eu vou levá-lo, Pan. Tem que ser eu.

Há uma nova determinação em sua voz. Ela não é apenas nossa Darling atrevida e ousada. É outra entidade agora, uma que não recua nem mesmo quando enfrenta Peter Pan.

— Tudo bem. — Pan finalmente cede e dá um passo para trás. — Estaremos aqui se precisar de nós.

Ela se aproxima de mim e se coloca debaixo do braço de Vane, suportando seu peso.

Apesar do fato de ele ter o dobro do tamanho dela, a Darling mal cede sob o novo fardo.

Bash retira o braço de Vane de seu ombro e diz:

— Você está bem, Darling?

— Estou bem. — Ela mantém o braço em volta da cintura de Vane e o arrasta para dentro da água.

26

ROC

NÃO GOSTO DE SUBESTIMAR AS PESSOAS E SUSPEITO QUE subestimei muitas desde que cheguei à Terra do Nunca.

Subestimei Peter Pan, Vane e a nova Darling.

James está totalmente atribulado.

Não para de andar de um lado para outro no bar, com os braços atrás das costas, a mão direita apoiada sobre o punho esquerdo, com o gancho espetado.

Em quase todos os cômodos, há um trecho no piso de madeira onde o verniz se desgastou. Pelo jeito, o capitão gosta de andar para lá e para cá.

Quebro a casca de um amendoim e jogo-o na boca.

— Quer parar e se sentar?

— Não consigo pensar quando estou sentado.

— E eu não consigo pensar com você zanzando desse jeito.

Ele para no meio da sala e franze o cenho acima dos olhos verdes.

— No que é que você precisa pensar?

— Em estratégia, capitão. Porque precisamos de uma. Como agora.

Respirando fundo, ele gira e retoma seu curso.

— Você disse que a realeza Remaldi estava trabalhando com a rainha fae? Então precisamos escolher um lado...

— Eu não escolho lados. — Coloco outro amendoim na boca e mastigo-o entre os molares. — Existe apenas o meu lado.

James zomba de mim e balança o gancho no ar.

— Bancar o tolo não vai ajudar.

— Hummm, bem, você está perdendo tempo. A qualquer minuto, Holt vai bater à sua porta, talvez até com a rainha fae a reboque, e você precisa saber o que vai dizer a eles. Mais cedo ou mais tarde, a rainha fae vai te querer morto. Ou submisso. E, por mais que eu ache que você daria um ótimo submisso... — Ele me lança um olhar fulminante. — Suspeito que não se sairia tão bem como fantoche da rainha fae. E Holt só vai querer você e seus homens como bucha de canhão, já que a Darling matou vários deles.

Coloco as cascas quebradas de vários amendoins em um copo vazio em cima do balcão e tiro o pó das calças.

— Diga-me, capitão, qual é o seu resultado preferido?

James me encara ao se dirigir até as janelas.

— Eu quero você morto, quero Peter Pan morto e quero Smee e Cherry de volta para casa e em segurança.

— Bem, você provavelmente conseguirá dois de quatro, então suas chances não são ruins.

— *Eu vou* te matar — ele promete.

— Não tenho dúvidas. — Dou-lhe um sorriso inocente, mas mantenho o queixo erguido para que ele possa dar uma boa olhada nos dentes de crocodilo tatuados em minha pele.

Ele bufa e volta. Eu o conduzo até duas mesinhas redondas.

Não temos muita diferença de altura, mas James está usando roupas mais volumosas que as minhas; com este aqui, é tudo pompa e circunstância. Eu gosto disso. Há algo nele que lembra uma crosta de sujeira em um lindo relógio vintage. Quero lamber meu polegar e limpar a mancha para ver como ele brilha por baixo.

— Se desenhássemos um diagrama de Venn do seu resultado preferido e do meu resultado preferido, teríamos um belo centro sobreposto — digo a ele.

Uma ruga aparece em sua testa, e seus olhos procuram os meus em busca da pegadinha.

— E qual seria?

— Peter Pan morto.

— Por que você o quer morto?

— Tenho meus motivos.

Eu poderia lhe contar sobre Wendy. Isso o motivaria ainda mais. Mas ainda não decidi se quero competir com ele.

Afinal, sou um canalha ganancioso. E o que é meu é meu.

E acho que a rivalidade entre Peter Pan e Capitão Gancho já dura tempo o bastante para que ele não precise mais de um motivo sensato. O passado já é razão suficiente.

James não é um estrategista. Ele pensa que é. Mas tem empenhado mal seus pontos fortes. Tem um talento especial para motivar as pessoas para sua causa, por mais tosca que seja.

Se ele parasse de brincar e usasse esse poder em vez de ficar perseguindo demônios, poderia mudar o mundo.

— Que tal nos unirmos e matarmos Peter Pan juntos?

— É impossível matá-lo — diz ele, mas posso ouvir em sua voz o desejo de que isso não seja verdade.

— Ou talvez ninguém ainda tenha usado a arma certa.

Há um leve esgar no canto de sua boca. Não consigo desviar os olhos de seus lábios, do sorriso que ele tenta conter. Ah, que lanche gostoso do caralho ele seria.

— E você tem essa arma? — ele pergunta.

Dou-lhe um tapinha de leve na bochecha e ele rosna no fundo da garganta.

— Você está olhando para ela, capitão. Afinal, eu sou o Devorador de Homens.

Smee retorna com Cherry. Ambas estão cobertas de sangue.

Não preciso da confirmação dela para saber de quem é o sangue.

Reconheceria o cheiro do meu irmão em qualquer lugar.

— O que aconteceu? — James pergunta.

— Eu esfaqueei Vane — responde Smee, indo para trás do bar servir-se de uma bebida.

Mantendo minha expressão neutra e minhas emoções indiscerníveis, pergunto:

— E como foi que conseguiu isso?

— Ela tem uma espada mágica — Cherry diz, vacilante. Seu rosto sardento está todo sujo de terra com rastros molhados. — Acho que ela o matou... — Novas lágrimas alargam os rastros já existentes.

— Você o quê? — Eu cerro os dentes.

— Não — responde Smee, bebericando uma dose de uísque de maçã. Meu alívio é quase palpável. — Mas ele precisará de muito mais que um curativo para se recuperar — acrescenta Smee.

O latejar na minha cabeça é repentino e agudo. Eu avisei meu irmãozinho. Inferno, eu tinha planejado ensinar-lhe uma lição. Mas esse era o meu plano, não o de Smee.

— Ele vai morrer? — eu lhe pergunto.

Ela pousa o copo, coloca as mãos no balcão e se inclina sobre ele.

— Ele ia matar Cherry.

— Eles prometeram que a devolveriam! — o capitão grita.

— É minha culpa — Cherry intervém, trêmula, passando a mão sob o nariz. — Foi tudo minha culpa.

— Por quê? — seu irmão pergunta.

— Winnie. Eu a encurralei em um quarto com a Sombra da Morte da Terra do Nunca e, não sei como, ela foi possuída.

Bem, definitivamente, não foi assim que pensei que tivesse acontecido.

— Ponto para você, menina Cherry. Você foi ousada.

Ela morde o lábio inferior e balança a cabeça.

— Puta merda! — James coça a nuca. — Isso complica as coisas.

— Não, não complica. — Complica, sim. — Isso só tornará a derrota de Peter Pan ainda mais fácil. — Mentira.

— E o que te faz pensar assim?

— Eu vi a Darling na cidade, lembra? Ela não tem controle da sombra. Será a distração de que precisamos.

Duvidoso, na melhor das hipóteses.

Mas, na verdade, eu trabalho melhor quando estou improvisando.

— Vocês nunca vão conseguir derrotá-lo — diz Cherry, e todos nós olhamos para ela. — Peter Pan. Mas Winnie e Vane são seus pontos fracos. Se quiserem saber como atingi-lo.

E, então, ela se vira e sai da sala.

— Parece que sua irmã já está provando ser uma vantagem.

James faz menção de ir atrás dela, mas se detém por um instante.

— Vamos marcar uma reunião com a realeza. Os fae e os Soturnos. Vamos acabar com Peter Pan de uma vez por todas.

Quando ele se retira, volto para meus amendoins. Estou morrendo de fome. O gostinho do sangue de pirata não foi suficiente. Nem de longe.

Smee se serve de outra bebida e gira o copo.

— Tenho uma pergunta, Smee. Algo que está me incomodando.

Ela cutuca o interior da bochecha com a língua.

— Respostas custam uma libra esterlina.

Enfio a mão no bolso, tiro uma moeda e jogo no balcão para ela, que pega facilmente no ar e depois a confere na palma da mão aberta.

— Vá em frente.

— Você sabia que Wendy Darling estava grávida quando deixou a Terra do Nunca?

Ela cutuca novamente a bochecha, mas depois passa a língua pelos dentes inferiores.

A segunda moeda tilinta quando eu a faço deslizar ao longo do balcão em direção a Smee e ela bate em um copo abandonado.

— Sabia que ela estava na Terra do Sempre? — Nós nos encaramos. — Você é uma mulher viajada nas ilhas e tem passarinhos por toda parte. Claro que sabia.

Ela se endireita e deixa seu copo de lado.

— Por acaso, James sabe que há uma certa garota Darling do outro lado da ilha que é sua tatara...

Smee estende a mão por cima do bar para tapar minha boca.

— Não.

Mulher corajosa, aproximando-se dos dentes afiados de um crocodilo.

Gentilmente, pego seu punho e afasto sua mão.

— Você planeja contar a ele?

— Por que você se importa?

— Respostas custam uma libra esterlina. — Sorrio para ela.

Ela revira os olhos espetacularmente e puxa o braço da minha mão.

— Por que você não a tirou de lá? — eu pergunto. — Por que não conta a ele?

— Wendy Darling estava em uma prisão na Terra do Sempre. Os obstáculos e as complexidades para libertá-la eram intransponíveis, e ela não era problema meu. E, apesar do que as pessoas dizem sobre James, ele provavelmente tem o maior coração da Terra do Nunca. Ele se preocupa, *profundamente*, e, se eu tivesse lhe contado sobre Wendy, ele teria ido atrás dela e, então, estaria morto ou travando duas guerras em duas ilhas quando a guerra que ele travava já estava lhe custando mais do que ele podia pagar. Além disso, o que você acha que Peter Pan teria feito se descobrisse que a linhagem Darling era agora uma linhagem Gancho? O melhor cenário seria resgatar o bebê e devolvê-lo ao seu mundo.

— E foi o que você fez?

Posso ser inimigo de James e James pode ser um dos amigos mais próximos de Smee, mas não sou inimigo de Smee, e Smee não é do tipo que guarda rancor. Ela é uma mulher de ação e está sempre traçando estratégias.

Suspeito que ela seja, no mínimo, metade da razão pela qual James conseguiu sobreviver todos esses anos sem ter o pinto decepado.

Posso praticamente ver as engrenagens girando em seu olhar agora.

Smee é um tabuleiro de xadrez que anda e fala, e eu adoro xadrez.

— Eu resgatei o bebê — ela admite.

— Para perpetuar o legado de Peter Pan e das Darling?

— Para manter o *status quo* — ela responde. — E porque o reino mortal seria o lugar mais seguro para aquele bebê. Prometi a Wendy que esconderia a filha dela e foi o que fiz. Mas Peter Pan a encontrou mesmo assim. Infelizmente, subestimei sua capacidade de encontrar uma Darling.

— Mas você ficou de olho nas Darling o tempo todo, não ficou? — Não é uma pergunta.

— Fiz o que pude.

Concordo com a cabeça, abro outro amendoim e declaro:

— Não contarei a ele.

— Por que não?

— Porque ele ficará bravo com você, e então irá atrás dela e então eu terei de matá-lo.

Coloco o amendoim na boca, esmago-o entre os dentes e dou uma piscadela para ela.

Ela olha feio para mim.

Acho que, se Smee pudesse, eu seria o próximo a ser esfaqueado.

27

GANCHO

NÃO DEMORO MUITO PARA LOCALIZAR CHERRY.

Encontro-a em seu antigo quarto examinando as fotos pregadas na parede. Ela adorava recortar figuras de contos de fadas ilustrados e livros de tarefas domésticas.

— Você deixou tudo como estava — ela diz quando me vê à porta.

— Claro.

Ela dá uma volta pelo quarto.

Quando construí esta casa, deixei que ela escolhesse o quarto que quisesse. Ela pegou um no nível inferior, longe dos piratas, da bebida e da baderna. Fiquei feliz por isso.

Nunca foi minha intenção trazê-la nesta viagem. A única viagem fatídica que deu uma guinada errada em algum lugar e nos trouxe às ilhas.

Eu pretendia navegar para o Caribe.

Jamais consegui.

Quando descobri Cherry escondida no porão do navio, pensei em dar meia-volta e levá-la novamente para casa. Mas, então, lembrei-me do motivo pelo qual estava indo embora, por que estava tão desesperado para escapar.

Não poderia deixá-la sozinha com nosso pai.

Cherry se senta em sua cama e uma nuvem de poeira se levanta. Ela tenta espaná-la. O sol ainda não nasceu, então há apenas o brilho âmbar das arandelas de vidro na parede.

Sento-me ao lado dela e tento vasculhar a vastidão de minha culpa e de minha vergonha em busca de um pedido de desculpas que não pareça forçado.

Ela encosta a cabeça no meu ombro, e sinto uma ardência profunda nos seios da face. Seguro a mão dela com a minha.

— Por que continuamos a amar aqueles que nos odeiam, Jas?

Acho que ela pretende falar de Vane, mas ambos ouvimos o nome não dito: Comandante William H. Gancho. Nosso pai.

Quando era jovem, eu o odiava e, ainda assim, desejava sua admiração na mesma medida. Ainda posso ouvir a voz dele na minha cabeça frequentemente me dizendo que eu estraguei tudo.

Cherry não pegou o pior de nosso pai, mas também não pegou o melhor.

— Não sei — respondo e aperto a mão dela. — Somos tarados por punição, ao que parece.

Uma noite, no fim de novembro, há muito tempo, nosso pai me flagrou nos estábulos com uma das criadas.

— Você é uma vergonha! — ele gritou e me chicoteou com o cinto. — Uma vergonha para esta casa. — Então me chutou e continuou chutando até quebrar minhas costelas.

Ainda posso ver Cherry encolhida debaixo da mesa, estremecendo e tremendo a cada golpe.

Ela nunca foi destinada a testemunhar a violência, mas, ainda assim, a violência sempre parece encontrá-la.

Não que ela tenha virado a cabeça e fingido não ver.

Três dias depois, peguei-a drogando o conhaque do nosso pai.

Ele ficou praticamente inconsciente por sete dias.

Foram, sem dúvida, os dias mais calmos e tranquilos de nossa infância.

— Quero ir para casa, Jas — diz ela agora.

— Nossa casa não existe mais.

— Não me importo onde ela fica ou como está. Só quero ir para casa.

Acho que entendo o que ela está pedindo: um lugar estável e para ser amada.

— Vou encontrar uma casa para você — digo a ela. — É a promessa de um irmão mais velho para compensar minhas transgressões passadas.

Minha irmãzinha olha para mim com seus olhos grandes e arregalados. Ela tem as mesmas sardas e os cabelos ruivos de nossa mãe.

Cherry mal se lembra dela, mas eu sim.

Ela também amava alguém que a odiava.

Talvez esse seja o nosso legado. Uma loucura de família.

— Não quebre essa promessa — ela me diz. — Ou nunca vou te perdoar.

Eu me inclino e dou um beijo no topo de sua cabeça.

— Não vou.

28

ROC

QUANDO APARECE NA CASA DE GANCHO, HOLT ESTÁ ÚMIDO por causa da chuva, e não é o tipo bom de umidade. O príncipe está cercado pelo que restou de sua guarda, que não são muitos. Matthieu também está ao seu lado.

O primo mais novo dos Remaldi parece ter cheirado um pouco além da conta, mas quem sou eu para julgar?

Assim que me vê no bar, Holt saca a adaga e vem para cima de mim, joga-me contra a parede e coloca a lâmina na veia pulsante em minha garganta.

— Seu traidor maldito. — Seus olhos estão vermelhos. Será que ele estava chorando ou só está sem dormir? Ele sempre quis o trono e agora o tem por direito. Deveria estar me agradecendo. Não que eu tenha algo a ver com a morte da irmã dele.

— Por favor, remova sua lâmina — digo a ele.

— Ou você vai o quê? — Uma veia lateja em sua testa.

— Ou eu vou te comer.

Suas narinas se dilatam. Ele não sabe dizer se estou brincando. Não estou.

A pressão desaparece, e ele cambaleia para trás.

— Holt, se quiser reconquistar sua sombra e garantir seu trono, pare de agir como um garotinho abandonado e comece a agir como um rei — eu digo, endireitando minha camisa emprestada.

A rainha fae bate as asas atrás de si enquanto observa a sala.

O que foi mesmo que eu disse sobre subestimar todos na Terra do Nunca? Acho que fiz igual com ela.

Ela é tenaz. E possivelmente mais observadora que imprudente.

Luta contra Peter Pan há tanto tempo quanto Gancho. Mas nenhum dos dois ganhou. É difícil ignorar as provas.

— Queiram se sentar — diz James, indicando com a cabeça uma das mesas redondas.

Seus piratas estão espalhados pelo salão do bar, vários em cada entrada e saída. Eles parecem ter graus diferentes de capacidades, ao contrário dos guerreiros da rainha fae, que não parecem saber se vieram para a guerra ou para um café da manhã antecipado.

A rainha deve estar se questionando. Ela está mal equipada para esta guerra, o que se torna mais evidente a cada dia que passa.

Ela lembra um pouco Giselle. Uma mulher no poder que precisa trabalhar duas vezes mais que os homens para manter-se nesse lugar.

A questão é: ela merece manter-se nele?

Holt dá um puxão forte na bainha da túnica e depois se senta. Matthieu posiciona-se logo atrás dele.

James se senta de frente para Holt, então a rainha fae se junta aos dois.

Smee e eu ocupamos os assentos restantes, um ao lado do outro. E eu sinto o cheiro de suas cigarrilhas, um aroma doce e terroso.

— Vane foi ferido — informa Gancho, e as expressões de Tilly e Holt mudam imediatamente, registrando a surpresa e o choque.

— Como? — Holt pergunta.

— Não é importante — diz James. — Se quiser sua sombra de volta, agora é a hora de atacar.

— E James e eu planejamos ajudá-los a lidar com Peter Pan com uma condição.

O capitão me encara quase cuspindo fogo pelas ventas, porque nunca discutimos uma condição.

— E qual seria? — a rainha fae pergunta.

— Nós os ajudaremos, mas meu irmão sai ileso.

Holt se recosta na cadeira e estufa o peito.

— Vane é propenso à vingança. Nós todos sabemos disso.

— Sim, e sua onda de vingança estava diretamente ligada à nossa irmã e à família Lorne. Não a você e aos seus.

Não sei exatamente como meu irmão reagirá ao perder a sombra, mas isso é um problema para outro dia.

Um dos piratas traz uma garrafa de rum aberta e vários copos. O homem coloca um copo na frente de cada um de nós e nos serve alguns dedos de bebida.

— Tudo bem — Holt finalmente concorda e pega a bebida oferecida. — James, você vai nos emprestar seus homens?

James e eu imediatamente nos entreolhamos. Arqueio uma sobrancelha como quem diz: *Viu?*

— Posso dispensar alguns — ele responde.

— Também gostaria que meus irmãos permanecessem ilesos — acrescenta Tilly. — Deixe-me lidar com eles.

Holt acena com a cabeça mais uma vez.

— Como quiser.

James engole sua bebida. Ele mal estremece com a garganta queimando.

— Eis a próxima questão: onde realizaremos o golpe?

— Na casa da árvore é arriscado demais — pondera Smee.

— Concordo — diz James.

— Talvez pudéssemos atraí-los... — Holt começa, mas Cherry aparece à porta e o interrompe.

— Se Vane estiver ferido, eles o levarão para a lagoa. É onde eles estarão.

Estou chocado que ela tenha desistido dele tão rápido.

Talvez ele a tenha traído vezes demais.

— Então está resolvido. — Holt empurra a cadeira para trás. — Devíamos sair agora e pegá-los de surpresa.

— Concordo. — Bebo meu rum e fico ao lado dele, oferecendo-lhe meu sorriso mais irrepreensível. — Espero que sua pedrinha mágica faça seu trabalho.

Holt estende a mão para tocá-la, pendurada na ponta da corrente.

— Claro que fará.

Honestamente, espero que funcione, porque, se ele conseguir retirar a sombra do meu irmão, pretendo tomá-la de Holt.

E será muito mais fácil roubar como pedra mágica que como sombra.

Sorrio para Holt e gesticulo para a porta.

— Depois de você, Alteza.

Vou gostar de ver esse cuzão morrer.

29

WINNIE

Parece que faz horas que estamos flutuando na lagoa, só Vane e eu. A chuva parou e as nuvens escuras se dissiparam parcialmente, deixando à mostra um pouco do céu crepuscular.

Vane está consciente de novo, o que é melhor que quando chegamos, mas sua respiração ainda é dificultosa e, a cada poucos minutos, ele tem espasmos e a sombra tenta sair de seu corpo através do corte aberto em seu peito.

— Por que não está funcionando? — Chamo os demais.

Pan está sentado ao lado do lobo, acariciando seu pescoço distraidamente, enquanto Bash e Kas jogam uma fava enorme um para o outro como se fosse uma bola.

— Tenha paciência — Kas responde. — A lagoa pode ser caprichosa para decidir quando e como vai utilizar sua magia.

— Darling — Vane me diz com a voz fraca. — Você devia sair.

— Não vou te deixar! — Nado para mais perto dele. Vane está de costas, a linha da água ondulando ao redor de seu corpo. — Está se sentindo um pouquinho melhor?

Ele range os dentes ao ser abatido por uma nova onda de dor, e uma névoa negra escapa da ferida purulenta. Mal consigo olhar para o machucado, de tão feio que está.

— Acho que está piorando.

Quando o pânico me invade, engulo o nó que se forma em minha garganta.

— Talvez você tenha de pedir à lagoa que te ajude.

— Se tiver de implorar, prefiro morrer.

— Não se atreva a dizer isso.

— Posso sentir a sombra querendo sair. — Ele levanta a cabeça apenas o suficiente para me olhar. — E, quando sair, não sei o que restará.

— Você ainda não me contou o que é além da sombra.

Ele está batendo os dentes.

— Meu irmão não é chamado de Crocodilo à toa. Comigo não é diferente. — Ele bate as pernas devagar. — Durante algum tempo, pensei que o melhor seria me livrar da sombra, que eu poderia controlar quem eu era com muito mais facilidade do que consigo controlar com ela. Mas, quanto mais perto fico de você, mais eu... — Ele se interrompe e recomeça a boiar.

— Mais o quê? — insisto.

— Eu sou um monstro de toda maneira. Você vai ficar bem melhor sem mim.

— Juro por Deus que, se você continuar falando assim, eu vou...

Desta vez, pelo menos, ele me dá a alegria de rir.

— Vai o quê?

— Vou te fazer me levar para um brunch no meu mundo!

— Brunch? — ele diz como se a palavra tivesse um gosto amargo. — Que merda é essa?

— A refeição entre o café da manhã e o almoço?

— Está bem. Você me convenceu a me dobrar às suas demandas com suas ameaças de rituais mortais absurdos.

Lá na margem, o lobo rosna.

Peter Pan coloca-se de pé, prestando atenção à floresta.

Vane nada para mais perto de mim:

— Está ouvindo, Win?

— Ouvindo o quê?

— Corações batendo.

Mal consegui assimilar o fato de que tenho a Sombra da Morte da Terra do Nunca, portanto qualquer poder que ela venha a ter ainda está além de minha compreensão.

— Escute — Vane sussurra.

Fecho os olhos e me concentro na audição.

E lá, pouco além dos limites da floresta, ouço as batidas de dezenas de corações.

— Saiam da água! — Pan grita para nós.

— Vá! — Vane me empurra.

— Você ainda não está curado!

— Win, pelo amor de Deus, quer me escutar pelo menos uma vez! — Ele me empurra de novo.

Porém, mal tenho tempo de começar a nadar antes de a praia ser completamente enfestada de guerreiros fae, piratas e diversos homens trajando uniformes militares pretos.

E, liderando a horda, Tilly, Capitão Gancho, o Crocodilo e um homem que não reconheço. Suas roupas têm o mesmo estilo dos trajes da rainha na taverna, então creio que ele seja da família real, que chegou para tomar a sombra de Vane.

— Maldito Roc — Vane diz em meu ouvido.

Tenho a vaga lembrança de já ter encontrado Roc. Também tenho a vaga lembrança de assassiná-lo.

Ou pelo menos foi o que pensei.

— Ele é tão cretino assim? — pergunto a Vane. — Por que está do lado deles?

— Às vezes é difícil saber o que diabos se passa na cabeça dele.

Peter Pan afronta o pequeno exército.

— Não sei qual plano vocês acham que têm, mas é imprudente.

Os gêmeos o flanqueiam. Bash diz:

— Querida irmã, é realmente esse o legado que você deseja?

— Não finja que não faria o mesmo se seu reino estivesse em perigo — diz a rainha. — Todos nós sabemos que a Darling tem a sombra e que ela perdeu o controle na cidade, assassinando várias pessoas inocentes.

Pan escarnece.

— Giselle dificilmente era inocente.

— Amara era.

A multidão volta sua atenção para Roc, no fim da fila. Ele tem um cigarro na boca e um olho semicerrado para evitar a ardência da fumaça que envolve seu rosto.

Eu sei que fiz o que todos dizem que fiz. Mas não sou essa pessoa.

Não é?

A energia escura desliza em minhas entranhas.

— Tirem-nos da água — ordena Tilly.

Os soldados fae alçam voo, batendo as asas tão rapidamente que ficam iridescentes ao refletir o luar.

— Tilly — diz Kas —, juro pelos nossos deuses, se você...

Mas ela não espera a ameaça.

Em vez disso, balança o punho e a praia inteira começa a ondular, como se estivesse viva.

Kas e Bash abrem os braços para tentar manter o equilíbrio. Pan levanta voo.

Os soldados fae sobrevoam a superfície da lagoa, sem tocar na água.

— Hora de ir — Vane diz e passa o braço em volta da minha cintura.

— Aonde?

Nem terminei de enunciar a pergunta e ele já nos tirou da água. A praia fica cada vez menor à medida que subimos.

E, embora eu já tenha voado com ele algumas vezes, meu cérebro mortal não gosta nem um pouco.

Meu grito de surpresa ecoa pela lagoa.

A trajetória de voo de Vane desvia bruscamente para a direita e, de repente, estamos caindo.

Quando nos chocamos com a encosta íngreme da Rocha Corsária, uma pontada de dor sobe pelas minhas coxas. Vane perdeu o controle, e nós caímos na rocha coberta de musgo.

Eu me amparo na parte de trás de uma pedra. Vane está a vários metros de distância, de costas, com falta de ar. Mais e mais vestígios da névoa negra fluem de sua ferida aberta.

— Por que você fez isso? — Corro até ele. Sua próxima inspiração é úmida e superficial. — Vane, caramba!

Ele rola para ficar em quatro apoios, mas desaba de lado. Há uma expressão vazia em seus olhos violeta.

Os soldados fae não estão muito atrás de nós. Lá embaixo, na praia, ouço gritos e o som de lâminas se chocando.

Vamos lá, Sombra da Morte. Você já deu as caras e tocou o terror antes. Preciso da sua loucura mágica mais uma vez.

Sou recebida com o mais completo e absoluto silêncio.

Não pode estar falando sério!

— Win — Vane me chama.

Os soldados nos alcançarão em questão de segundos.

Coloco o braço de Vane em volta do meu ombro e solto um grunhido ao tentar levantá-lo. O sangue de sua ferida encharca minha camisa, mas é um fluido grosso e escuro, não o sangue carmesim brilhante que deveria ser.

— Vamos pular da rocha — digo a ele. — Vamos te esconder no meu mundo. Depois eu volto para ajudá-los. — Eu o arrasto para a beira do penhasco e ele firma as botas no chão.

— Você não sabe nada sobre saltos de portal — ele diz, resmungando.

— Claro que sei. É só chegar na beira do penhasco e saltar. Facinho!

— Diz a menina que sempre tem medo de pular. Além disso, você está do lado errado. — A espuma do oceano brilha banhada pela lua. — Não há portal na parte inferior deste lado. Se pular daqui, será empalada nas rochas lá embaixo.

Com Vane ainda apoiado ao meu lado, vou até a beira do penhasco e espio. Rochas escarpadas e pontiagudas quebram as ondas várias centenas de metros abaixo.

Ok, talvez eu não saiba o que estou fazendo.

— Então, qual é a sua ideia brilhante? — pergunto.

Ele se desvencilha de mim e tropeça para a frente.

— Você voará para longe daqui, e eu os enfrentarei sozinho.

— Rá!

Vane pode estar às portas da morte, mas aparentemente ainda é capaz de fazer cara feia para mim.

— Dê o fora daqui, Win.

— Eu não vou te deixar.

Os soldados fae pousam na Rocha Corsária e avançam em nossa direção.

Vane me empurra para trás, colocando-se entre mim e os homens e as mulheres, embora não esteja em condições de lutar.

E, enquanto os soldados avançam em nossa direção pela esquerda, lá embaixo, a guarda real sobe pela direita para nos encurralar.

Qual é a vantagem de ter uma entidade mágica poderosa se ela não vai te tirar de situações difíceis?

O homem vestindo o uniforme militar real chega até nós no momento que os soldados fae nos cercam.

Vane mal consegue se manter de pé.

Onde está Peter Pan? Ou os gêmeos?

— Vane — diz o homem. — Já faz algum tempo.

— Holt — diz Vane empertigando os ombros. — Eu preferiria que tivesse demorado mais.

Holt dá um passo para perto e Vane recua, protegendo-me.

— Ela matou minhas irmãs. — O homem me olha por cima do ombro de Vane, contraindo a mandíbula ao ranger os dentes.

— Elas provavelmente mereceram — Vane responde.

— Giselle, talvez. Mas Amara não era tão ruim. Ela não merecia o destino que teve.

Mata-me por dentro que este homem esteja de luto pela perda de suas irmãs, compartilhando seus nomes com a assassina — *eu* — e mal consigo me lembrar de como elas eram.

— Não era minha intenção — eu lhe digo.

— Isso deveria fazer eu me sentir melhor?

Percebo um movimento atrás de mim e vejo dois militares se aproximando.

— O que você quer, Holt? — Vane pergunta, com a voz esganiçada.

— Além de justiça para minha família... acho que você sabe.

Vane assente.

— A sombra da Terra Soturna.

— Ela pertence ao solo da Terra Soturna.

— Não estou dizendo o contrário.

— Então? — Holt pega uma pedra pendurada em uma corrente em volta do pescoço e dá um puxão. A corrente se rompe. — Não vamos tornar isso mais difícil que o necessário.

Um soldado fae agarra meu braço direito e um guarda agarra o esquerdo.

— Ei!

— Deixe-a ir — diz Vane. — Eu te dou a sombra se você deixá-la ir.

— Você não está em condições de negociar. — Holt gesticula para os homens que me seguram, e eles me arrastam para encará-lo. Vane tenta me agarrar, mas tropeça e precisa se segurar em um afloramento rochoso, enquanto sua respiração fica mais difícil.

— Na minha ilha — diz Holt ao me examinar de cima a baixo —, uma garota como você, que cometeu um crime contra a família real, primeiro passaria um ano nas entranhas da prisão de Pyke e depois, quando mal conseguisse se lembrar do que é ter a luz do sol em sua pele, seria arrastada para a praça da cidade, despida, e teria seu corpo violado de todas as formas e para todos verem.

Atrás de mim, Vane rosna e o cascalho range sob as botas enquanto vem em nossa direção. Mas ele é capturado por vários membros da guarda real. Holt prossegue:

— Depois, quando não aguentasse mais — ele estende a mão e passa as costas dos dedos pela minha bochecha —, suas entranhas seriam cortadas do seu ventre e enroladas em sua garganta como um laço. E você ficaria lá, exposta, até findar em uma morte muito dolorosa.

A náusea sobe pela minha garganta.

Achei que Peter Pan, Vane e os gêmeos fossem ruins. Mas nada se compara a este homem.

Acho que entendo um pouco mais o porquê de Vane ter feito o que fez e o porquê de ter deixado sua ilha.

Quero que este homem sofra ainda mais que as irmãs dele sofreram nas minhas mãos.

Eu preciso de você, penso na sombra.

Por favor, por tudo o que é mais sagrado, preciso de você.

— Mas não estamos na minha ilha, é claro — diz Holt, esticando os lábios em um sorriso sinistro. — Tenho certeza de que posso ser criativo mesmo assim. Mas primeiro... — Ele olha para Vane. — Primeiro vou reivindicar o que é meu. Levantem-no.

Os guardas me puxam para trás, um deles colocando a ponta curva de uma lâmina em minha garganta. Sozinha, não sou páreo para os dois. Sinto-me como um inseto preso em uma teia de aranha, sem esperança de escapar.

Que diabos devo fazer?

Holt dá um passo à frente, o colar de pedra ainda na mão.

Ele o levanta diante de si, e vários fios de névoa negra saem de Vane em direção à rocha.

Vane cerra os dentes, o suor escorrendo pela testa.

Como eu paro isso?

Como faço para vencê-los?

Se você for nos ajudar, agora é a hora!, digo para a sombra.

Mas é como se ela estivesse adormecida.

Olá!

Holt dá mais um passo, e mais sombra escura vaza de Vane.

Não me ignore agora!

Minha própria sombra se agita, e a excitação sobe pela minha garganta.

Faça alguma coisa, peço.

Não é minha batalha, ela diz.

Você só pode estar de brincadeira.

Não é minha batalha. Não é minha sombra. É melhor se ela for embora.

Eu não tô nem aí para a sombra. Preciso salvar o homem.

Os joelhos de Vane dobram-se, e ele fica pendurado entre os dois guardas reais enquanto mais sangue escorre de sua ferida.

Por favor, eu imploro.

Mas é tarde demais.

Holt enfia a pedra no peito de Vane, há uma explosão e a sombra se liberta, escura e contorcida.

O chão treme abaixo de nós.

Então, quando a escuridão se acalma, Vane está de cabeça baixa, seu corpo completamente abatido nas mãos dos soldados.

E a pedra de Holt pulsa com a energia da Sombra da Morte da Terra Soturna.

30

GANCHO

ADMITO QUE PETER PAN NUNCA FOI MEU INIMIGO FAVORITO. Ele não é um homem comum. E é extremamente difícil lutar contra um homem extraordinário.

Motivo pelo qual planejamos deixar o Crocodilo performar seu truque.

Exceto por ele estar demorando uma vida para começar a se banquetear.

Peter Pan avança contra nós.

— A qualquer minuto agora — digo disfarçadamente ao Crocodilo.

— Não funciona assim, capitão. E estou sem meu relógio. Não sei quanto tempo ainda resta.

Eu o encaro, pasmo.

Pan se aproxima, mas ele também vem sem pressa, decerto apreciando nos espionar tal e qual um predador.

— Bem, então o que você sugere que façamos até lá? — eu ladro.

— Podemos dançar, capitão — diz o Crocodilo, arreganhando os dentes para mim.

— Mas de que merda você está falando?

Roc saca a adaga e investe contra Pan. Ele desvia, mas, quando termina de girar, Roc lhe acerta um belo de um soco no estômago. Peter Pan cambaleia para trás.

Desembainho minha espada com a mão direita, brandindo o gancho na esquerda enquanto vários de meus homens se colocam em posição, formando um círculo na praia.

Na outra extremidade, a areia se revira como se houvesse um serpentário se contorcendo sob a superfície, e os gêmeos pelejam para ficar de pé.

Ambos travam sua própria batalha com a irmã e a guarda fae.

Um de meus piratas golpeia Pan, mas ele pega a lâmina com as próprias mãos. Em questão de segundos, a lâmina está voando para a lua, transformada em centenas de mariposas.

Peter Pan com sua sombra é um inimigo ainda pior.

Dois de meus homens investem contra ele. O primeiro dispara um tiro, mas a bala atinge Pan e cai na areia, sem causar ferimento algum. O outro desfere um golpe de espada, mas não acerta, e Pan o agarra pelo pescoço e aperta.

O pirata fica vermelho ao se debater inutilmente tentando respirar.

Ao meu lado, o Crocodilo se inclina para a frente.

— O que está acontecendo? — eu lhe pergunto.

A coluna se projeta em suas costas quando ele se dobra abruptamente. Eu o agarro pelo ombro para puxá-lo para cima e imediatamente me arrependo.

Seus olhos irradiam em um amarelo doentio, e os incisivos se alongam em presas afiadas.

A linha acentuada de seu nariz, a elevação das maçãs de seu rosto, toda sua face fica borrada nas bordas, como se ele fosse um homem sem contornos.

Pisco várias vezes, como se o problema fosse minha visão.

Ele é mais fantasma que homem, sem silhueta definida. Nada além de dentes afiados e ameaçadores, além de olhos brilhantes e fulminantes.

Ele rosna para mim, e eu tropeço.

Então, parte para cima de Peter Pan, e, quando os dois se chocam, Pan é arremessado para trás, caindo bem no meio da lagoa, fazendo espirrar água para todos os lados antes de afundar e desaparecer.

Agora somos só o Crocodilo, o Devorador de Homens, e eu.

Ele se vira para mim.

— Estamos do mesmo lado, lembra? — digo-lhe, mas até eu sei que isso é, na melhor das hipóteses, instável. Ele vem em minha direção. — Caramba, dá para você se controlar?

Então, um soldado fae me atinge por trás e o Crocodilo salta sobre mim, agarra o fae, abre a boca mais do que parece ser possível e o devora de uma só vez.

Ele estava lá em um minuto e sumiu no momento seguinte, sem o menor vestígio de sua existência.

De repente, estou entorpecido.

Contemplo o resultado com olhos arregalados e cegos.

Será que perdi os sentidos?

O Crocodilo vira a cabeça em direção ao céu crepuscular e solta um suspiro de satisfação. Então, vai para a praia em busca de todos os homens e mulheres que restam para devorar.

E começa seu festim.

31

KAS

SEI O QUE TILLY ESTÁ FAZENDO.

Conheço magias de ilusão. Sei como elas são. A sensação que causam. Mas isso não significa que consigo simplesmente quebrar o encanto.

A areia se move sob mim, e não consigo manter o equilíbrio, por mais que saiba que nada disso é real.

Bash dá um salto e se agarra ao galho mais baixo de um carvalho, então balança os dedos para mim, sinalizando que eu o siga.

Aceito a oferta e ambos subimos na árvore.

Nossa irmã levanta voo e se ergue diante de nós.

— Parabéns, irmã — eu digo. — Você nos encurralou em uma árvore. E agora?

— Fiquem fora disso e vão embora.

Bash e eu nos entreolhamos, ele bufa de desdém.

— Quantas vezes você vai armar um golpe, só para perder?

— Parece que estou perdendo?

— Eu não entendo — digo, avançando meio agachado pelo galho para me aproximar dela. — Por que passar por todo esse perrengue quando você claramente não quer o trono?

Tilly fica chocada com a insinuação, como se tal pensamento jamais lhe tivesse passado pela cabeça.

— Mas é claro que eu quero o trono. Farei o que for preciso para protegê-lo e para proteger a Terra do Nunca. Não vou parar. Jamais.

Bash anda ereto em um dos galhos mais grossos de uma ramificação da árvore.

— Se quisesse mesmo o trono, seus soldados não seriam tão fracos. Eles treinariam dia após dia. Você estaria preparada para assumir o comando, e não se sobrecarregando com homens mais fracos.

A expressão no rosto dela se suaviza. Cutuquei a ferida, mas, pior ainda, uma ferida que está aberta.

— Por que continua a lutar? — Bash pergunta.

— É o que Papai queria. É o que Mamãe também iria querer. Ela odiava Peter Pan, e ele ainda está governando a Terra do Nunca como se fosse algum tipo de deus.

— Tinker Bell odiava que Peter Pan não quisesse saber dela — eu a relembro. — Há uma diferença.

Reparo na posição de meu irmão, os joelhos levemente flexionados, as costas empertigadas.

— Esqueça Mamãe e Papai — diz Bash. — Você precisa se perguntar, irmãzinha, se tudo isso ainda vale a pena.

Posso estar separado de minha irmã há um bom tempo, mas reconheço a tristeza estampada em seu rosto.

O peso de tudo isso está acabando com ela.

Tilly não foi criada para assumir o trono. E quase todo monarca que a precedeu estava cercado pela família.

Ela, no entanto, não tem mais ninguém.

Não tem nossos pais. Não tem Nani. Não tem a mim nem meu gêmeo.

Sinto pena dela.

E uma tristeza profunda.

— Não queremos isso para você — eu lhe digo. — Nunca quisemos.

— Por isso fizemos as escolhas que fizemos — Bash acrescenta.

— Queríamos dividir mano a mano o fardo da corte, Til — eu digo. — Não queríamos que você tivesse de sacrificar nada.

E é a mais pura verdade.

Jamais teríamos matado nosso pai se soubéssemos que nossa irmã acabaria assim.

Agora, no entanto, sou impelido adiante pelo egoísmo.

Não quero mais o trono para proteger minha irmã.

Quero o trono para mim e meu irmão.

Porque é nosso de direito.

Encaro meu gêmeo enquanto o silêncio de nossa irmã se prolonga.

Ela desmonta bem diante de nossos olhos, mas não posso mais ser fraco por causa dela. Não precisamos de nossa língua fae para saber o que o outro está pensando.

Agora, Bash me diz com o olhar.

Nós dois saltamos da árvore e nos atracamos com nossa irmãzinha.

Bash a agarra pelos ombros, e eu pelas pernas. Ela bate as asas desesperadamente, mas não é forte o bastante para rivalizar conosco.

Mergulhamos em direção ao solo da floresta.

Ela luta, tentando se libertar, mas, assim que estamos no chão, queremos subjugá-la ali mesmo. E nossa irmãzinha não é a única versada em magia fae.

E Bash deixa a sua fluir loucamente.

Mel escorre dos galhos das árvores acima de nós, e várias gotas grandes e pesadas se esparramam sobre as asas de nossa irmã.

Ainda que não seja real, Tilly guerreia contra a ilusão e, momentaneamente, a gosma espessa é paralisada, mas logo o mel começa a seguir a delicada estrutura venosa das asas superiores, encapsulando rapidamente as asas inferiores.

— Desista dessa luta, Tilly — diz Bash.

— Não posso! — Ela se debate com o peso extra, o pânico crescente em seu rosto.

— Por que não?

Bash e eu nos inclinamos sobre ela.

— O que me resta se eu não tiver o trono? — A voz dela falha. — Isso era o que Papai queria que eu fizesse.

Às vezes, queria que pudéssemos voltar atrás e mudar tudo. Queria que nossa família pudesse estar junta de novo, mas talvez sem a Mamãe.

Mesmo que pudéssemos, porém, nunca mais seríamos os mesmos.

E, com frequência, suspeito que as memórias que me restam da infância sejam apenas parcialmente verdadeiras. Como imagens refletidas na água, deformadas pelas marolas, ligeiramente irreconhecíveis. Sempre fomos uma família disfuncional. Bash, Tilly e eu sempre tivemos de fazer o que era preciso para sobreviver. E agora Bash e eu temos de fazer isso mais uma vez.

Bash investe contra nossa irmã.

Rachaduras se formam no mel. Ela começa a bater as asas e sai voando em direção à praia, onde os soldados fae gritam apavorados.

Em meio às árvores, só consigo divisar uma figura difusa devastando-os e... devorando-os?

— Puta merda — exclama Bash. — É o Crocodilo.

— Recuem! — Tilly grita. — Recuem!

Vários fae levantam voo. O Crocodilo agarra um deles pelo pé, puxando-o de volta. Ele bate as asas desesperadamente, mas sem efeito.

O Crocodilo abre a bocarra disforme e, em questão de segundos, devora o soldado fae. O restante sai voando em uma formação em v e desaparece sobre a copa das árvores.

32

PETER PAN

Dura pouco meu alívio por Roc não estar morto, por não ter de me preocupar com a possibilidade de Vane se virar contra mim ou contra a Darling.

Roc me pega de guarda baixa e me atinge com tanta força que bato os dentes e minha visão fica nublada.

Sei que estou voando de costas, mas não consigo enxergar as estrelas e, portanto, não sei se estou indo para cima ou para baixo.

Todavia, quando sinto o frio da água da lagoa, o pânico se instala.

Nem sempre a lagoa concede.

Às vezes, ela tira. Às vezes, ela demanda algo em troca, e eu tenho muito a perder.

Caio de costas e sou imediatamente engolido pela água. Quando o zumbido em meus ouvidos diminui e consigo me orientar rumo à superfície, começo a me debater, nadando para cima.

Até que algo agarra meu tornozelo e me puxa para o fundo.

A luz que se infiltra da superfície fica cada vez mais distante, e o brilho azul da lagoa, cada vez mais escuro.

Estou afundando, indo mais e mais para o fundo.

Luto contra qualquer que seja o espírito ou a criatura que me agarra, mas trata-se de uma forma sem substância, sem dedos para eu tentar me desvencilhar.

Bolhas de ar escapam do meu nariz e flutuam para cima.

Posso ser imortal, mas ainda preciso respirar, e não sei quanto tempo consigo aguentar aqui embaixo.

O silêncio é aterrador, exceto pelo ruído do que parece ser uma corda.

Quando chego ao fundo, a água está tão gelada que mal consigo sentir meus pés ou meus dedos, mas me debato, procurando inutilmente qualquer coisa de que me libertar.

Nada. Nada que indique o que é a força que me mantém preso.

O que vocês querem?, pergunto aos espíritos. Sei que eles podem pressentir meus pensamentos. A lagoa sabe de tudo.

Rei da Terra do Nunca.

A voz resvala das profundezas. Eu me viro e, por um segundo, vislumbro uma luz iridescente.

Rei da Terra do Nunca, ouço mais uma vez.

Estou ouvindo, caralho, grito de volta, e uma profusão de bolhas escapa como sinal de minha frustração. Sou inútil aqui embaixo enquanto todos que eu…

A palavra *amor* se acende como um palito de fósforo na escuridão atrás de meus olhos.

Amor.

Todos que eu amo.

Todos que eu amo estão na superfície, e eu estou de novo enterrado na escuridão.

O medo toma conta de mim e se transforma em terror.

E se eu jamais retornar para eles? E se eu estiver condenado a ficar sozinho nas trevas para sempre?

Rei da Terra do Nunca.

Rei da Terra do Nunca.

Mesmo iluminado, na escuridão fica aprisionado.

Rei da Terra do Nunca.

Rei da Terra do Nunca.

Chacoalho meu pé.

Rei da Terra do Nunca.

Estou ouvindo, porra!, eu grito.

A forma de um espírito da lagoa irrompe na escuridão, com a boca aberta em um grito medonho.

O som, na verdade, não se propaga aqui embaixo, mas a sensação de ter ouvido um grito, sim.

Uma corrente passa por mim e me arrasta.

Minha cabeça lateja e meu peito dói conforme fica mais difícil segurar o fôlego.

Rei da Terra do Nunca.

Na escuridão mergulhado, da luz apavorado.

Está nos ouvindo, Rei do Nunca?

A corrente se dissipa.

Caudas luminosas nadam em um grande círculo ao meu redor.

Você não pode ter luz, diz uma voz.

Sem escuridão, outra voz acrescenta.

E não pode ter escuridão...

Não estou no clima para parábolas, digo. *O que é que vocês querem? Que eu seja uma pessoa melhor? Que eu deixe de ser tão soturno e me torne mais iluminado?*

Falem logo de uma vez, porra.

O que quer que estivesse me segurando desaparece. Não sinto mais a pressão e meus pés estão livres novamente.

Rei da Terra do Nunca.

Rei do Nunca...

As vozes vão ficando mais fracas, e as caudas brilhantes somem.

A superfície parece estar a quilômetros de distância, mas começo a nadar para cima. Rápido, mais rápido, com os pulmões queimando, doido para abrir a boca e respirar.

Quando finalmente chego à superfície, respiro tão fundo que minhas costelas doem.

Sem querer perder nem mais um minuto sequer na água, alço voo e deixo o vento me secar. Na praia, o Crocodilo devora todos em seu rastro. Faes e piratas. Mas, na Rocha Corsária, a Darling berra, e estou apavorado que seja tarde demais.

33

WINNIE

Sei que Vane perdeu sua sombra no segundo em que ela o deixa.

Acho que minha sombra reconhece o vazio dentro dele.

Ele permanece imóvel sob o jugo do soldado. Holt estala os dedos.

— Coloquem-no de pé.

Os homens fazem o que são mandados.

Eu me debato, tentando escapar dos guardas que me seguram, e a lâmina que um deles mantém à minha garganta perfura minha carne. Sinto uma gota e, então, um rastro de sangue se formando, saindo do corte fresco e descendo pelo meu pescoço.

Os capangas me seguram com mais força, e hematomas começam a se formar em minha pele. Sinto a raiva incendiando meu peito, espalhando-se por minhas veias como um fogo selvagem.

Há somente quatro homens a quem eu permito deixar marcas na minha carne.

Quatro homens e ninguém mais.

Antes de vir para a Terra do Nunca, tive de ceder ao lado sombrio em algumas ocasiões para sobreviver.

Transar com alguém que eu odiava porque sabia que ele tinha um carro e podia me levar aonde eu precisasse ir.

Roubar comida da casa dos vizinhos porque estava passando fome.

Deixar alguém talhar minhas costas porque era o que minha mãe queria.

Jamais, todavia, abracei o lado sombrio por algo que *eu* queria.

Porque a verdade é que eu nunca realmente quis algo.

É difícil querer quando tudo o que você conhece é a forma incerta da necessidade.

Holt manda seus guardas levarem Vane para a beira do precipício. Bem no lado onde a queda é mais longa e as pedras são escarpadas.

— Só porque eu sei o quanto você gosta de vingança — diz Holt.

Está me ouvindo, sombra?

Sinto o turbilhão se revolvendo dentro de mim, saindo de controle.

— Estou deixando você entrar — digo.

— O que foi que disse? — um guarda me pergunta com um grunhido.

— Eu deixo você entrar!

A Sombra da Morte se expande como uma nuvem negra de tempestade.

Eu sou você e você sou eu, e eu aceito e abraço cada filigrana de escuridão que te compõe.

Há um momento de calmaria antes da tempestade.

E, então, a vibração pulsa no ar.

— Que porra é essa? — diz o guarda à minha esquerda.

Puxo meu braço das mãos do cara à minha direita e atolo a palma da minha mão no nariz do capanga à minha esquerda.

O sangue jorra ao barulho alto da cartilagem sendo esmagada. O homem cambaleia para trás, uivando de dor.

Desfiro um tapão no homem à minha direita e ele me faz outro corte com a lâmina, e mais sangue escorre do meu pescoço.

Eu mal sinto a dor, no entanto.

Não há mais nada além da gana por recompensa.

Eu vou vencer.

Porque sou mais.

Não porque preciso. Porque eu quero.

E eu quero Vane.

Porque sou Winnie Darling, caralho! E homem nenhum vai roubar meu poder.

Tomo a adaga do guarda e desfiro um golpe, que rasga sua camisa.

Ele observa os pedaços de tecido no ar e só então repara em seu torso exposto e no sangue escorrendo do talho, que vai de seu quadril até a clavícula

— Seus… *olhos* — o guarda me diz antes de desabar pela encosta com um último suspiro.

E me viro para Vane, Holt e seus guardas remanescentes bem no instante em que Holt mete a bota no peito de Vane, chutando-o da beira do penhasco.

34

WINNIE

— NÃO! — EU GUINCHO.

Eu corro.

Corro sem pensar nas consequências de minhas ações.

Porque não importa.

Nada mais importa se um de nós tiver morrido.

— Vane!

Empurro os homens em meu caminho, o coração martelando, e salto da beira do penhasco. O vento forte congela o ar em minha garganta.

Vane está caindo, caindo, de costas para o oceano lá embaixo.

— Não — ele murmura.

Eu me lembro do aviso que ele me deu naquele dia na lagoa, antes de finalmente ceder a mim. Quando me disse para não correr. Quando tentou me salvar de si mesmo. Mas eu não preciso ser salva.

Não precisava antes e não preciso agora.

Ele vale a pena?, a sombra me pergunta.

Mais do que você pode imaginar, respondo.

A sombra se revira, e sinto uma sensação no fundo da minha garganta, como se algo estivesse tentando rastejar para fora de mim.

As roupas de Vane farfalham ao seu redor enquanto ele se aproxima do oceano.

Estico os braços, estendendo as mãos até meus dedos doerem.

— Pegue minha mão! — grito para Vane.

Ele cerra os dentes.

Se me escolher, digo à sombra, *terá de escolher a ele também*.

As trevas começam a nublar minha visão.

Vane franze o cenho, confuso.

— Pegue a porra da minha mão, Vane!

Somos envolvidos pelas trevas. Não consigo mais ver o oceano nem sentir os respingos gelados das ondas arrebentando. A sombra se enlaça ao redor de mim e de Vane, e arquejo aliviada quando sinto seus dedos se entrelaçando aos meus.

Agarro-me ao seu corpo em um abraço conforme a escuridão nos envolve e nos impele adiante no último segundo.

Apenas o suficiente para não cairmos nas rochas, mas não o bastante para não cairmos na água.

O impacto com a água é tão forte que tenho a impressão de que mil agulhas perfuram minha pele.

Vane me segura com força à medida que as ondas nos engolfam e a correnteza nos arrasta na direção do pontiagudo recife de corais. Sinto gosto de sangue em minha língua.

Subimos à superfície para respirar, mas logo somos tragados para baixo novamente.

Até que, enfim, o oceano nos cospe na areia fria, ambos tossindo e ofegantes, machucados e sangrando, desesperados por oxigênio. Eu desabo em cima de Vane.

— Você não deveria ter feito isso — ele diz e deixa a cabeça tombar na areia.

— Você não manda em mim.

Ele geme. Eu lembro que ele está ferido e saio depressa de cima dele.

— Levante-se. Precisamos te levar a algum lugar seguro para... — Levanto a camiseta dele para examinar melhor seu ferimento. — Mas o que...

Vane levanta a cabeça e avalia seu peito.

— Não é possível. — Ele tateia a pele pálida. — Mas que merda...?

— Você está curado?

Colocando-se de pé, ele tira a camiseta e, se não estivéssemos sob ataque, com a vida dele por um fio, eu teria aproveitado o momento para apreciar a visão de seu corpo.

Não há nada em seu torso. Nenhum corte machucando a pele ou desfigurando as tatuagens. Nenhuma ferida purulenta. Nem um arranhão sequer.

— Fui eu quem te curou?

Vane pondera a possibilidade, intrigado.

— Eu diria que é improvável, mas tudo é possível com as sombras. Cada uma é única, e elas reagem de formas diferentes com cada pessoa. Mas... — Ele tateia o peito novamente, deslizando a mão pelo abdome em busca de mais ferimentos.

— O que foi?

— Não me sinto diferente. Ainda sinto algo semelhante à sombra.

— Bem, mais tarde, teremos tempo de sobra para entender o que está acontecendo. Depois que o destruirmos.

Começo a descer a praia, rumo à Rocha Corsária, mas Vane pega meu braço e me puxa. Meu cabelo molhado chicoteia seu rosto quando ele me vira.

— *Você* não vai voltar lá. Vai para casa.

— Não preciso ser protegida, Vane. Acabei de te salvar.

— Por pura sorte. — Ele revira os olhos.

— Além disso, se tem alguém que precisa ir para casa é você, que foi mortalmente ferido minutos atrás e teve sua sombra arrancada e...

Ele grunhe, e seu olho violeta fica preto. Dou um passo para trás.

— Vane?

— Eu só queria que, pelo menos uma vez na vida, Win, você me escutasse!

— Vane!

— Que foi, caramba? — ele ladra.

— Seus olhos estão pretos.

Ele corre até uma poça d'água e confere seu reflexo. As palavras que proferi enquanto tentava alcançá-lo ecoam em minha cabeça.

Se me escolher, terá de escolher a ele também.

Foi o que eu disse à sombra.

— Vane, acho que...

Ele se vira e me encara. Embora seus olhos estejam negros, ainda posso senti-lo vasculhando meu olhar.

Sei que ele também pode sentir — estamos compartilhando a Sombra da Morte da Terra do Nunca.

A sombra se dividiu entre nós dois.

Vane pega minha mão e a acolhe na sua. Uma fagulha de calor se acende quando nossas peles se tocam. Como mel quente em uma noite de verão. Uma sensação de igualdade e familiaridade.

— Não é possível... — Mal consigo ouvi-lo com o estrondo das ondas.

— Você acabou de dizer que tudo é possível com as sombras.

— Não use minhas palavras contra mim.

— Podemos debater mais tarde — contemporizo, entrelaçando meus dedos aos dele. — Agora, vamos destruir o que resta daqueles que querem acabar conosco.

O Sombrio contrai a mandíbula, e seus olhos reluzem com a promessa de violência.

— Vamos mostrar a Holt o que achamos de suas ameaças.

Vane concorda e passa o braço pela minha cintura, colando-me ao seu corpo no mesmo instante em que alça voo.

35

PETER PAN

Chego à Rocha Corsária bem quando a Darling salta da beira da rocha.

Estou prestes a pular atrás dela quando sou cercado pelos homens de Holt.

Eles são mais um aborrecimento que uma ameaça.

Jogo um deles pelo penhasco, e o sujeito grita durante toda a queda. Agarro outro pelo punho e pelo tornozelo, arremessando-o no oceano.

Transformo o terceiro em um caracol e o esmago sob a sola de minha bota.

Consigo ouvir a Darling e Vane falando na praia e fico momentaneamente aliviado que os dois estejam bem.

Ao pé da rocha, os gêmeos galgam rapidamente a encosta escarpada para se juntarem a nós.

Todos os fae já se foram, e o Crocodilo devorou a maioria dos piratas. E os que ele não devorou fugiram como um bando de covardes.

Holt está praticamente sozinho em uma faixa de luar, uma pedra preta balançando de uma corrente em sua mão. Posso sentir a sombra presa lá dentro. A sombra de Vane.

Certamente não é um fato bom, porém não é inesperado. Vane já estava considerando devolvê-la.

— E agora? — pergunto a Holt.

Ele sorri para mim e ergue a pedra, batendo-a no peito.

E… nada acontece.

Desconcertado, ele tenta de novo.

Os gêmeos desaceleram quando nos alcançam, e, um segundo depois, Vane e a Darling pousam ao lado deles, e Vane parece… melhor. Inteiro novamente. Na verdade, quase parece que… Eu o encaro, intrigado.

Ele me encara de volta com um olhar que diz: *Depois*.

— O que está acontecendo? — a Darling pergunta.

— Holt está tentando reivindicar a sombra da Terra Soturna, mas está com dificuldades — explico.

— O que foi, Holt? — diz Vane, com a voz retumbante. — Esqueceu-se de ler as instruções?

Ele fica ainda mais irritado, brande a adaga e corta a palma da própria mão. Então, fecha o punho em torno da pedra, sangue escorrendo por ele.

Nós só ficamos ali assistindo porque é divertido.

— Eis o que ninguém te conta sobre as sombras. — Vane fica cara a cara com Holt e retira a pedra de sua mão sangrenta. — Uma sombra reivindica uma pessoa tanto quanto é reivindicada. E, se uma sombra te rejeitar, você tá fodido.

Ah, como adoro tudo isso!

— O que foi mesmo que você prometeu que faria comigo? — a Darling diz. — Que me deixaria completamente nua…

Eu praticamente rosno atrás dela.

— Que porra foi que ele disse?

— Que me violaria de todas as formas e para todos verem... — Eu avanço, pronto para arrebentar a cara do maldito, mas Winnie me detém. — E então me cortaria ao meio e me enforcaria com minhas próprias entranhas?

Holt começa a recuar, empunhando a adaga diante de si, como se ainda tivesse alguma chance de se salvar.

— Tire a roupa — a Darling lhe ordena. Holt cambaleia. — Eu disse: tire a roupa, caralho!

Optando pelo caminho de menor resistência, Holt resmunga consigo mesmo e começa a se despir, até ficar completamente nu e tremendo de frio.

Eu gosto de ficar nu. De sentir o solo da Terra do Nunca em contato direto com minha pele.

Não há nada tão vulnerável, no entanto, quanto estar nu na frente de seus inimigos. E, a julgar pelos músculos retesados e contraídos, Holt também sabe disso.

— Serei misericordiosa — a Darling diz. — De qualquer forma, eu não trepo com covardes.

A Darling agarra o punho de Holt, e a escuridão se espalha por suas veias, espraiando-se por seu peito, subindo pela garganta. Ele respira com dificuldade, deixando escapar vários soluços entrecortados. Ela empurra o braço dele para mais e mais perto do estômago. Holt tenta resistir, cerrando os dentes enquanto é consumido pela escuridão.

Winnie tem metade do tamanho e do peso de Holt, mas ele está fazendo das tripas coração para conseguir rivalizar com a força dela.

E testemunhar a Darling levando sua vingança a cabo é a coisa mais sexy que já vi. A lâmina perfura o ventre de Holt, fazendo-o soltar um gemido odioso. A Darling empurra ainda mais a adaga e a arrasta, abrindo um grande talho que o eviscera.

Ele tosse sangue quando cai de joelhos, agonizando tanto de dor que não consegue nem falar.

— Adeus, Holt — diz Vane ao chutá-lo da beira do penhasco.

Quando os dois se viram para nos encarar, lado a lado, é óbvio o que aconteceu. A Sombra da Morte da Terra do Nunca pulsa nos olhos de ambos.

Vane está curado, e a Darling não está mais sofrendo com todo o peso da sombra.

Caralho, sinto-me tão aliviado que tenho vontade de gritar!

Em vez disso, puxo a Darling para mim e tasco-lhe um beijão.

Eu a beijo como se minha vida dependesse disso, porque depende, porra!

Por incrível que pareça, é o mito de Peter Pan, que se apaixonou por uma das garotas Darling e por seus três amigos babacas.

Um tipo diferente de amor para cada um deles, mas, ainda assim, amor.

Nunca mais quero retornar às trevas sozinho.

— Ecaaaaaa, vão se pegar na cama! — Bash diz, caindo na risada.

A Darling suspira e, então, afasta-se para olhar para mim. O crepúsculo refletindo em seus olhos negros.

— Que bom que você está bem — eu lhe digo. — Nossa querida e perversa menina Darling.

36

GANCHO

Após devorar até o último de meus homens, o Crocodilo vira-se para mim.

Eu deveria saber.

Ele não é confiável. Já levou minha mão.

Agora vai levar o resto?

Os passos dele são lentos e deliberados, mas ainda é difícil ver seus contornos com clareza.

Saco uma de minhas pistolas. É meu último recurso, embora eu tenha a mais plena certeza de que não fará a menor diferença.

O monstro continua me vigiando com aqueles olhos amarelos brilhantes, que faíscam no lusco-fusco noturno.

Puxo o gatilho e uma bala de mosquete é disparada pelo ar em uma trajetória límpida, que o atravessa e se espatifa na lagoa.

Como diabos posso lutar contra um homem que não tem substância?

Entre todas as maneiras que imaginei que deixaria este mundo…

O Crocodilo está a dois passos de mim e, então, para. Sua silhueta está borrada, mas sua expressão é nítida.

— Bem, vá em frente — eu lhe digo e coloco meu gancho na frente de seu rosto. — Para quem já comeu minha mão, que diferença vai fazer comer o resto de mim? — Ele pestaneja. — O que está esperando?

— Capitão — ele diz com a voz crua e estrangulada.

E, de repente, fica sólido novamente, desabando em meus braços.

Eu o amparo no último segundo, afundando na areia com seu peso morto.

— Ah, pelo amor de Deus — resmungo, virando o corpo dele. — Acorde! — Dou-lhe um tapa na cara, mas ele nem se mexe. — Crocodilo! Eu vou te largar aqui!

Coloco minha mão sob seu nariz para checar se ainda está respirando e, em seguida, confiro seu pulso. Ele ainda está vivo, a julgar pela respiração e pelos batimentos.

Fora isso, porém, é um corpo sem vida.

Ao pé da Rocha Corsária, Peter Pan e sua serelepe gangue de Garotos Perdidos — e uma garota — vêm atrás de mim. Todos estão cobertos de sangue.

— Que inferno! — praguejo.

Saí da frigideira para cair no fogo.

Esse era o ditado favorito de minha mãe quando eu era menino.

— Pelo jeito, você já está com as mãos bem ocupadas — diz Bash.

Vane se aproxima e se agacha ao lado do irmão.

— Ele vai ficar assim por uns quatro ou cinco dias. Você só precisa lhe dar água e sangue. Misture os dois e lhe jogue goela abaixo. Ele não vai precisar de comida. Claramente está de pança cheia.

— Isso é normal? — pergunto.

Vane faz que sim.

— Nunca mudamos de forma, a menos que seja inevitável. O custo é muito alto.

Então, Vane é como o irmão. Sempre me perguntei. A sombra provavelmente o manteve sob controle.

— Para sua sorte — Peter Pan me diz —, hoje estou me sentindo generoso.

Ele gesticula para os gêmeos, e Bash pega o Crocodilo enquanto Kas me ajuda a colocar-me de pé. Peter Pan alisa minha casaca, ajeitando a lapela esfarrapada.

— Você tem dois dias para deixar minha ilha. E leve Cherry com você. Se um dos dois colocar os pés novamente em minha terra, vou amarrá-los no alto da minha torre e assistir a vocês sendo enforcados.

Fico completamente eriçado ao ouvir sua ordem.

— Aqui é minha casa. Você não pode...

— Eu posso. E vou. E você fará exatamente o que eu digo.

Pan segura a ponta do meu gancho e, em um instante, o metal amolece, virando uma serpente que começa a deslizar por meu braço.

— Tenha a santa paciência!

A serpente sibila para mim, e eu a jogo para longe.

— E leve o Crocodilo com você — acrescenta Pan.

Bash empurra Roc de volta para mim, e eu o pego pela cintura.

— O Crocodilo — eu protesto, apoiando-o em meu quadril — não é problema meu.

— Agora ele é — assevera Vane. — Não se esqueça de adubá-lo e regá-lo.

Os gêmeos riem.

Eu resmungo e tento ajeitar o Crocodilo mais uma vez. Para alguém do seu tamanho, ele parece pesar uma tonelada.

— Anda logo — diz Pan, empurrando-me. — Tique-taque, capitão!

Levo quase a manhã inteira para arrastar o Crocodilo de volta para minha casa. Ele não recobra a consciência, exatamente como Vane previra.

Estou empapado de suor e morrendo de raiva quando, enfim, alcanço os degraus da entrada de minha casa.

Graças a ele, todos os meus piratas estão mortos e enterrados no abismo mágico do estômago do Crocodilo.

Eu não tinha nenhum apego aos meus homens, mas o que ele fez me tirou do sério.

Smee vem ao meu encontro e me alivia de metade do peso.

— Você está vivo — ela diz.

Estou com dor nas costas e minhas coxas estão dormentes.

— Por pouco.

Levamos Roc de volta ao seu quarto e o colocamos na cama. De braços cruzados, Smee diz:

— *Déjà vu.*

Desabo na poltrona, e Smee me serve um drinque, que eu gratamente viro de um gole. Quando termino, vejo que ela está me observando.

— O que foi?

— Você perdeu — ela palpita.

Sento-me adiante na poltrona e apoio os cotovelos em meus joelhos, ainda segurando o copo vazio. Não consigo deixar de notar o contraste do vidro gelado em minha palma suada.

— Acabei me dando conta, Smee, de que estou procurando algo que acho que jamais conseguirei encontrar.

Ela pega uma cadeira ali perto e puxa para o meu lado. Senta-se de trás para a frente, com os braços apoiados no encosto.

— Preciso te contar uma coisa.

— Muito bem. — Indico meu copo. — Preciso de outro drinque?

— Talvez.

Assinto e me levanto, sirvo-me outra dose e retorno à minha poltrona.

— Sou todo ouvidos.

Cada palavra que Smee pronuncia me deixa mais anestesiado, apesar do calor do álcool queimando em minhas veias.

Nunca fiquei tão furioso a ponto de sentir o sangue latejando em meus ouvidos. Mal consigo ouvi-la com o zumbido em meus tímpanos.

— Fale alguma coisa, Jas.

Só consigo distinguir o que ela diz por causa do movimento de seus lábios. Que merda eu deveria dizer?

— Você me traiu.

Essas foram as únicas três palavras que consegui balbuciar por cima da minha raiva.

— Fiz o que precisava fazer.

Eu me levanto.

— Essa é a diferença entre você e eu.

Ela se levanta e fica ao meu lado.

— Ah é?!

— É! Você não pensa em lealdade. Você pensa em estratégia. Eu troquei minha irmã por você!

Devo estar bêbado agora. Estou gritando, minha voz preenchendo a sala.

— Nunca te pedi que fizesse isso.

— Mas eu fiz mesmo assim. Arrisquei o sangue do meu sangue por você. E a troco de quê? Segredos e mentiras? Wendy Darling ficou nas ilhas, e ela estava grávida de... — Não consigo terminar a sentença. Não sei se é verdade.

Mas se for... *Por Cristo*!

O cômodo gira.

— Ele sabia? — pergunto, apontando para o Crocodilo.

— Sabia.

Viro o último gole da minha bebida e bato o copo na mesinha de cabeceira.

Ele ficará inconsciente por cinco dias? Tempo mais que suficiente para eu começar a agir com antecedência.

O filho da puta planejou manter Wendy longe de mim. Sei que sim.

Ele me usou, empanturrou-se com meus homens e escondeu Wendy Darling de mim.

De fato, acho que o plano de matar Peter Pan não passava de balela, considerando que ele fracassou.

Olho para ele, completamente esparramado na cama, com a cara toda suja de sangue, assim como as roupas repletas de manchas e respingos de carnificina.

Ao observá-lo, ao seguir a curva de seus lábios, a linha de sua mandíbula e os desenhos complexos de suas tatuagens, não consigo formar uma imagem una. Um quebra-cabeça sem solução. Sinto novamente o sangue martelando em meus ouvidos.

Eu me viro e saio do quarto.

— Jas — Smee me chama e começa a me seguir.

— Estou indo embora — digo a ela.

— Calma. Pense no que está fazendo…

— Não preciso pensar, Smee. — Subo as escadas até meus aposentos privados e começo a fazer uma mala. — Quantos homens ainda me restam?

Smee fica calada.

— Avise a quaisquer homens que sobraram que se preparem para partir em uma hora. Avise Cherry também. — Smee e eu sabemos que a estou deixando, propositalmente.

Nada é mais importante para mim que lealdade.

Agora, com a raiva que me infecta como uma ferida purulenta, tudo o que eu queria era me sentar com Smee e desabafar sobre más ações e deslealdade. Smee sempre foi a pessoa que me ouvia sem julgamentos.

Lá no fundo, sei que ela agiu da maneira mais segura. Mais lógica.

Não foi movida por ganância, emoções ou medo.

Ela queria me proteger.

Sei que queria.

Mesmo assim…

Ela vem até mim, retira a mala de minha mão e me dá um abraço.

Quando eu tinha onze anos, meu gato foi pisoteado por um cavalo. Segurei seu corpinho atropelado em minhas mãos e chorei de soluçar.

Meu pai me viu e arrancou o gato de mim, jogando-o no meio do bosque que havia ali perto. Então, mandou-me engolir o choro e parar de agir como um tolo.

Desde então, recuso-me a chorar.

Lamentável.

Afundo nos braços de Smee e retribuo o abraço.

— Sinto muito, Jas. — Ela se afasta e enfia as mãos nos bolsos da calça. Nosso momento de fraqueza passou, e nunca mais tocaremos no assunto. — Eu vou ficar.

Eu assinto. Provavelmente, é melhor assim. Sinto, no entanto, que, ao deixá-la para trás, estou abandonando parte de mim. E não posso voltar. Peter Pan deixou bem claro.

— A casa é sua — eu lhe digo. — A cidade também. Faça o que quiser com ambas.

— E o Crocodilo?

Olho na direção do corredor e das escadas, como se pudesse senti-lo quase ao meu alcance.

Ele está mais vulnerável do que nunca, em minha casa, ocupando o leito de uma cama que me pertence. Eu poderia matá-lo.

Quero matá-lo.

Mas, primeiro, quero achar Wendy Darling e ver a expressão no rosto dele quando finalmente entender que o superei.

— Se ele sobreviver ao coma, diga-lhe exatamente aonde fui quando ele acordar.

— Mais uma luta, Jas?

— A última, Smee.

37

BALDER

O LOBO SABE O QUE ESTÁ POR VIR. E, POR MAIS QUE SAIBA, não pode impedir.

Peter Pan pode ter sua sombra e a Sombra da Morte pode ter sido reivindicada, mas a ilha não ficará tranquila até que Pan saiba seu lugar.

E o homem que talvez seja um deus precisa lidar com o próprio passado.

Se ele quiser se tornar o homem que deveria ser, primeiro deve confrontar o homem que ele era.

Do matagal, o lobo observa a lagoa à luz diáfana da aurora. A rainha fae sai da mata arrastando com muito esforço o trono fae atrás de si.

Ela grunhe, pragueja, muda de posição e pragueja um pouco mais.

Pode ser uma rainha, mas o lobo vê apenas uma garota.

Ela para ao chegar no meio da praia e passa o braço pela testa para limpar o suor. Suas asas farfalham ansiosas, mudando de vermelho para amarelo, para verde e laranja.

O lobo descansa a cabeça sobre as patas esticadas. Ao seu lado, um ratinho da floresta salta em cima de uma rocha para assistir também.

Os dois não falam a mesma língua, mas ambos são testemunhas do mesmo desespero.

A rainha fae leva o trono até a beira d'água e, então, senta-se nele, apoiando os cotovelos nos joelhos e abaixando a cabeça. Seus ombros tremem, mas suas lágrimas são silenciosas.

— Eu faço qualquer coisa — ela diz em um fiapo de voz. — Não posso falhar novamente. Tentei de tudo e… — Ela se interrompe e respira profunda e forçosamente. — Aqui, eu te dou a única coisa realmente de valor que tenho.

A rainha se levanta e agarra os braços do trono, bem no ponto em que os raios de sol encontram o assento.

Com um grunhido alto, batendo as asas conforme começa a seguir adiante, ela alça voo e paira sobre a lagoa, segurando o trono abaixo de si.

Quando chega ao centro, ela o deixa cair.

A água espirra, e o trono afunda como uma pedra.

Em segundos, tudo o que resta é um redemoinho de luz.

A rainha fae voa de volta para a praia, pousando os pés na areia.

Ela espera.

E espera.

É claro que não sabe o que está esperando.

Ela anda pela margem, testando a água de vez em quando com o dedão do pé descalço, como se pudesse entrar para ver se a água vai ceder ou tomar.

Ela espera mais um pouco.

O lobo espera e o rato espera.

Quando o sol deveria raiar no horizonte e irromper o dia, o céu escurece, e nuvens de tempestade se formam.

O lobo fareja o ar e sente o cheiro da mudança na energia.

As águas da lagoa ficam agitadas. A rainha dá um passo para trás e protege os olhos com o braço.

As nuvens se agitam.

O trovão ressoa acima, e a luz brilhante e rodopiante da lagoa se apaga quando algo escuro emerge da água.

A rainha fae respira fundo e cambaleia para trás tão rapidamente que tropeça nos próprios pés, caindo na areia.

O lobo e o rato se entreolham.

É assim que começa.

E é assim que vai acabar.

EPÍLOGO

PETER PAN

Quando acordo, percebo nitidamente as batidas de outros quatro corações no quarto.

Estou acostumado a acordar na escuridão e no silêncio.

Ouvir suas pulsações é reconfortante.

Darling, Vane, Kas e Bash.

A Darling está deitada nos pés da cama com a cabeça repousando no peito de Bash e Vane a abraçando por trás.

Eu estou na cabeça da cama com Kas do outro lado.

Precisamos de uma cama maior, porra.

Agora que tenho minha sombra, quase não durmo e tenho fome de luz do sol.

Deslizo da cama e saio do quarto. Vou aproveitar enquanto todos estão dormindo para curtir a luz e o silêncio.

As coisas estão melhores na Terra do Nunca.

Winnie e Vane têm a sombra.

Os gêmeos... Bem, os gêmeos ainda precisam de ajuda, mas tudo está se encaminhando. A rainha fae deve estar desesperada agora. Nós a derrotamos em todas as rodadas.

Se dependesse de mim, ela abdicaria do trono e daria aos irmãos o que é deles por direito. Ela não tem mais esqueminha algum para implementar.

Não lhe resta nenhuma carta na manga.

Vou até a cozinha e paro diante das portas da sacada, mas o dia não está ensolarado.

Apenas nuvens escuras e pesadas.

Estou prestes a voltar para a cama quando avisto uma figura na varanda.

Meu sangue gela e o pavor revira minhas entranhas.

Com as mãos trêmulas, alcanço as maçanetas e escancaro-as, rezando a todos os deuses para que não passe de uma brincadeira de mau gosto.

Uma ilusão.

Até dou uma olhadinha para trás, para ver se os gêmeos estão por perto, segurando a risada.

Não há ninguém por perto, no entanto, e a figura continua lá.

E, quando se vira, enche a varanda de luz. Ela resplandece por inteiro. Do rosto brilhante e reluzente às asas douradas.

Pó de fada cintila no ar ao seu redor.

— Olá, Peter Pan — cumprimenta Tinker Bell.

AGRADECIMENTOS

A SÉRIE "VICIOUS LOST BOYS" NÃO TERIA SIDO POSSÍVEL SEM a ajuda de vários leitores.

Creio que todos podemos concordar que a maneira como os povos nativos foram retratados na obra original é bastante problemática. Quando me propus a recontar a história de Peter Pan, era importante, para mim, manter a presença dos nativos na ilha, mas era crucial fazê-lo da maneira correta.

Tenho de agradecer à sensibilidade de diversos leitores que me ajudaram a retratar os gêmeos e a história de seus familiares na série de um modo preciso e respeitoso para com as culturas nativas, mesmo que os gêmeos residam em um mundo de fantasia.

Portanto, quero agradecer imensamente a Cassandra Hinojosa, DeLanc Chapman, Kylee Hoffman e Holly Senn. O auxílio de vocês foi e continua sendo extremamente útil e eu lhes sou muito grata!

Também gostaria de agradecer a Brianna por sua inestimável contribuição e orientação na representação da personagem Samira "Smee". Obrigada, Bri, por seu tempo, sua energia e suas devolutivas!

Quaisquer erros ou imprecisões remanescentes neste livro cabem inteiramente a mim.